우리들의 실연 상담실

푸른도서관 77

우리들의 실연 상담실

초판 1쇄/ 2016년 5월 10일

지은이/ 이수종
펴낸이/ 신형건
펴낸곳/ (주)푸른책들
등록/ 제321-2008-00155호
주소/ 서울특별시 서초구 양재천로7길 16 푸르니빌딩 (우)06754
전화/ 02-581-0334~5 팩스/ 02-582-0648
이메일/ prooni@prooni.com 홈페이지/ www.prooni.com
카페/ cafe.naver.com/prbm 블로그/ blog.naver.com/proonibook

글 ⓒ 이수종, 2016
ISBN 978-89-5798-518-2 04810

이 도서의 국립중앙도서관 출판시도서목록(CIP)은 서지정보유통지원시스템 홈페이지(http://seoji.nl.go.kr)와
국가자료공동목록시스템(http://www.nl.go.kr/kolisnet)에서 이용하실 수 있습니다.
(CIP제어번호: CIP2016006864)

(주)푸른책들은 도서 판매 수익금의 일부를 초록우산 어린이재단에 기부하여
어린이들을 위한 사랑 나눔에 동참합니다.

우리들의
실연 상담실

이수종 지음

푸른책들

차 례

프롤로그

아득히 먼 곳에서 기계음이 울린다. 얄팍한 리듬은 꿈속까지 파고든다. 잠깐 멈추는가 싶더니 또다시 울려 댄다. 집요하다. 기계음이 현실이란 것을 알아차린 순간 짜증이 확 밀려온다. 빌어먹을! 베개로 귀를 감싼다. 아무 소용도 없다. 그제야 잠자기 전 무음으로 설정하려 했던 다짐이 기억난다. 기억이 늦장을 부린 탓에 이런 식으로 단잠을 깬 게 벌써 5일째다. 이젠 내 머릿속 해마를 믿을 수가 없다. 해마뿐만이 아니다. 이렇게 시끄러운 음악에도 잠의 세계에서 완전히 빠져나오지 못하는 걸 보면 뇌 전체에 문제가 있지 싶다.

나는 눈꺼풀을 겨우 들어 올려 시간을 확인했다. 7시 57분. 동이 트는 것을 보고 잠드는 나 같은 사람에게 이 시간의 전화벨은 고문이나 다름없다.

"방바닥과 멀어질수록 세상과 가까워지는 법이야."

수화기를 귀에 대자 깡민이 목소리가 쩌렁 울렸다.

"그게에, 어느 행성 법인지인 모르겠는데에, 우주 원리를 거스르는 법이로군. 하암⋯⋯. 우주는 순환하며 서로 연결되어 있거드은. 공간과 시간을 뛰어넘어, 거대하거나 작거나 상관없이."

"그런 원리라면 우리도 서로 연결되어 있겠군. 안 그래, 친구?"

녀석이 끼어들었다. 나는 꼼수에 넘어가기 전에 얼른 말을 잘랐다.

"어⋯⋯, 그렇지. 내가 방에 있드은 소행성 B612에 있드은 세상과 친구들과 늘 가까이 있지. 그러니까아 내 걱정은 그만하고 일이나 열심히 하라고, 친구!"

"아, 의리 없는 자식! 고래 힘줄도 네 고집에 걸려들면 너덜너덜해질 거다."

잠꼬대 섞인 말을 깡민이는 제대로 알아들은 모양이다.

아무리 급해도 그렇지, 청소년 상담이 장난도 아니고. 게다가 상담 주제가 실연이라니. 키스 한 번 못 해 본 모태 솔로인 나한테.

"눈 마주치고 고개 끄덕여 주는 건 할 수 있잖아."

"그 정도는 개나 고양이도 할걸. 우리 집 해피를 데려가든 가."

"너 대학 때 부전공이 심리 상담이었잖아. 그거면 기본은 된다니까."

고래 힘줄보다 질긴 놈은 내가 아니라 깡민이다.

"내가 변변한 직장도 없이 대책 없는 인생을 살고 있긴 하지만, 세상을 그렇게 쉽게 살지는 않는다. 기본만으로 상담 교사를 하라니, 그건 겨우 알파벳 뗀 사람한테 유럽 가이드 하라는 거랑 똑같아, 인마. 하암, 난 좀 더 자야겠다."

"너 완전 이기적이다. 어머님 생각은 안 하냐?"

치사한 자식, 어머니까지 들먹이다니. 눈꼬리에 매달려 있던 잠이 확 날아가 버렸다.

"알았으니까 이제 그만해라, 쫌!"

"알았다고? 역시, 넌 나의 영원한 친구야."

"야, 인마! 그, 그게 아니잖아."

"신청자들한테 예약 문자 다 보내 놓았으니까 넌 당일부터 진행하면 돼. 딱 6주만 부탁한다. 연수 갔다 와서 크게 한 턱 쏠게. 참, 정장은 필요 없으니까 그냥 편하게 입고 와."

자기 할 말만 소나기처럼 퍼붓고는 전화를 끊어 버렸다. 다시 전화를 걸었지만 받지 않는다. 문자 메시지도 확인하지 않는다. 깡민이 자식, 안 될 일도 깡으로 밀어붙이면 된다더니,

완전 낡인 느낌이다. 내가 알 게 뭐람. 다시 침대에 누워 잠을 청했다. 그러나 달아난 잠은 돌아오지 않고 기분만 찜찜했다. 다시 일어나 멍하니 앉았다. 그렇지! 나는 청소년 회관 홈페이지에 들어가 화면에 뜬 번호로 전화를 걸었다.

"이강민 선생님이요? 연수 가셨어요. 오전 아홉 시 비행기니까 지금은 연락이 안 되겠네요. 혹시 박현우 선생님 되세요?"

"네? 네에."

휴대 전화 너머의 여자는 이강민 선생님께 연락받았다며 반색을 했다. 몇 가지 행정적인 절차, 서류, 강사료 등 전달 사항이 있으니 메모해 두라는 말에 얼떨결에 종이와 펜을 찾아 들었다. 여자는 낭랑한 목소리로 차근차근 설명했고, 나는 반사적으로 받아 적었다. 청소년 심리 상담에 도움이 되는 논문을 파일로 보내 준다며 이메일 주소를 물었다. 그제야 나는 '상담 교사를 수락한 적이 없습니다. 뭔가 착오가 있는 것 같으니 다시 한 번 확인해 보시고 다른 교사를 구해 주세요.'라는 말과 함께 전화를 끊으려 했다. 하지만 입은 의지와 상관없이 이메일 주소를 불러 주고 있었다. 뇌 기능에 문제가 있는 게 확실하다.

"매주 토요일 오후 네 시부터 두 시간 동안 상담하시면 되고요, 말씀드린 서류는 첫 시간인 이번 주에 오셔서 제출해

주시면 됩니다. 장소는 청소년 회관 다솜 교실입니다."

　　토요일이면 내일모레다. 아, 이런! 머리부터 잘라야겠다.

1. 나무늘보 이야기

-도미노처럼

실연 바이러스 백신 준비 완료!

나무늘보 님, 드디어 '실연 극복 프로젝트 -이별이 주는 선물' 첫 시간이 내일로 다가왔습니다. 마음의 문을 활~짝 열고 오후 4시 청소년 회관 3층 다솜 교실로 오십시오. 꼭꼭 숨겨진 선물도 찾아보세요. ^o^

하영이랑 이플 오빠 숙소 앞 편의점에서 컵라면을 먹고 있는데 휴대 전화가 몸을 떨었다. 스팸 문자인줄 알고 무심코 삭제 버튼을 누르려는 찰나, 그날의 기억이 선명하게 떠올랐다. 가슴이 쓰렸다. 마치 손가락 끝에 박힌 가시를 잊고 있다 건드렸을 때 자지러지게 아픈 것처럼.

청소년 회관 벽에 붙어 있던 '실연 극복 프로젝트 —이별이 주는 선물' 현수막이 눈에 들어왔을 때는 승빈이와의 통화를 막 끝낸 후였다. 정확히 말하면 승빈이가 일방적으로 전화를 끊어 버린 거지만.

"해린이랑 너 사귀는 거야?"

"어……. 그건 왜?"

"좀 전에 너네 봤어. 입…… 맞추는 거."

"헐, 내 입을 너한테 허락받고 써야 되냐? 나 질척거리는 거 딱 질색이다."

질척! 질색! 그 말에 날카로운 가시가 돋아 있는 게 분명했다. 휴대 전화를 통해 허공으로 흩어지는 말 한 마디 한 마디가 뼛속까지 스며들어 콕콕 찔러 댔다. 내 속에서 아슬아슬하게 버티고 있던 무언가가 와르르 무너졌다. 눈물이 쏟아졌다. 지나가는 사람들의 고개가 내 쪽으로 꺾였다. 아, 쪽팔리게 진짜. 그만 좀 울어! 나 스스로 나를 타이르고 달래 보았지만 흐느낌은 쉽게 가라앉지 않았다. 힐끔거리는 사람들 틈에 나를 아는 사람이 없기만을 바랄 뿐이었다. 신호등의 파란불이 여러 차례 그냥 흘러가게 내버려 두었다. 겨우 진정이 되었을 때, 사거리 현수막 걸이대에 걸린 글자가 눈물범벅인 눈에 들어왔다.

그러니까 실연 극복 프로그램을 신청한 건 타이밍이 절묘했고, 순간적인 감정 탓이 컸다.

　망할 놈의 문자 때문에 라면이 식도에 콱 걸려 버렸다. 괜찮아졌다 생각했는데 아니었나 보다. 기억의 한 조각에서 시작된 승빈이에 대한 감정들이 스멀스멀 올라오고 있었다. '쿨'하게 살고 싶은데, 승빈이 말대로 나는 왜 이렇게 질척거리는지. 한심한 내 가슴만 쳐 댔다. 오늘따라 컵라면이 입에 착착 감긴다는 하영이가 젓가락을 든 채 나를 보더니 츳츳츳 혀를 찼다.

　유리문 너머로 까만 미니밴이 지나갔다. 뛰어! 하영이가 소리치며 빛의 속도로 튀어 나갔다. 나도 컵라면을 버려두고 오빠의 숙소까지 전력 질주했다. 100미터 달리기 24초. 이게 내 속력의 한계다. 달릴수록 하영이와의 간격은 점점 더 벌어졌다. 저 멀리서 숨넘어갈 듯 질러 대는 황홀한 비명 소리가 하늘을 둥둥 날아다녔다. 마음이 더 다급해졌다. '이플 오빠'를 부르는 외침이 비명과 박자를 맞추고, 자동차 경적 소리가 찰나의 틈을 비집고 울려 댔다. 하영이가 나를 돌아보더니 미간 주름을 만들어 보이며 빨리 오라고 소리쳤다. 팔을 더 세게 흔들어 보았다. 문제는 둔해 터진 다리에 있는데 가속도가 붙을 리 없었다. 아, 내 다리가 원망스러울 뿐이었다.

　"체력과 속력. 이게 팬심 법칙 제1조 1항이라고. 어휴! 천번을 말하면 뭐하냐."

이플 오빠는 물론 미니밴조차 흔적도 없이 사라지고 없자 하영이가 투덜거렸다. 나는 선비의 운명을 타고난 다리라서 그런 걸 어쩌느냐며 헤벌쭉 웃어 보였다. 들키고 싶지 않았다. 여전히 심장 한구석에 승빈이가 박아 놓은 가시가 욱신거린다는 걸.

"나 기다리지 말고 먼저 가. 이플 오빠 스타일, 분위기, 표정, 감정 상태까지 완전 밀착 관찰해서 나한테 알려나 주라고."

"아무래도 그게 합리적이지 않을까 싶다. 넌 우아하게 선비 노릇이나 해라."

"대신 덩치발 필요할 땐 불러. 내가 힘 좀 쓰잖아. 히히."

"인정! 내일 이 시간에 다시 오자. 세 시에 거기서 만나."

이플 오빠 스케줄을 읊으며 내일 만나자는 하영이 말에 나는 선뜻 대답하지 못했다. 청소년 회관은 어쩌나. 그사이 하영이는 '엄마느님'한테 맞아 죽지 않으려면 서둘러야 한다며 전철역을 향해 뛰었다. 나도 하영이 꽁무니를 따라 뛸까 하다 그만두었다. 맞아 죽을까 염려할 수 있는 엄마라도 있는 하영이가 부러웠다. '운동 좀 해. 덩치만 컸지 체력은 저질이야.' 엄마의 잔소리가 그립다. 나는 점점 작아지는 하영이 뒷모습을 보며 천천히 걸었다.

지하철을 기다리며 문자를 다시 확인했다. 청소년 회관

에 간다고 내 문제가 해결될 것도 아니고. 나는 문자를 지우고 휴대 전화에 저장된 이플 오빠 사진을 들여다보았다. 오빠의 매력적인 눈웃음을 보자 심장이 콩콩 뛰었다. 닿을 수 없는 별처럼 멀리 있지만 괜찮다. 오빠의 존재만으로도 눈부신 세상을 느낄 수 있으니까. 이어폰을 꽂자 허스키하고, 달콤하고, 감미로운 오빠 목소리가 세포 하나하나에 스며들었다. 승빈이와 이어폰을 나눠 꽂고 걸었던 기억이 내 의지와 상관없이 흘러왔다 초라한 허상만 남기고 사라져 버렸다.

유행 지난 청바지, 빛바랜 밀리터리 점퍼, 노란, 아니 누런 운동화. 정체를 알 수 없는 아저씨가 다솜 교실 바닥에 납작 엎드려 무언가를 하고 있었다. 내가 인기척을 내자 황급히 일어서며 자신을 상담 교사라고 소개했다. 헐. 교사라는 직업과 전혀 어울릴 것 같지 않은데.

"교실에 이런 게 있네. 시, 시간도 남았고. 같이……할래?"

상담 선생님이 바닥에 널브러진 도미노 카드를 가리켰다. 내가 잠시 어정쩡하게 서서 해야 하나 말아야 하나 고민하는 사이, 상담 선생님은 다시 쭈그리고 앉아 하던 일을 계속했다. 하던 일이란 게 색색의 도미노 카드를 하나하나 세우는 것에 불과하긴 했지만.

시간을 확인했다. 시작 15분 전이었다. 상담 선생님은 나는 안중에도 없는 듯 도미노 카드를 세우는 데 열중했다. 아씨, 괜히 온 것 같다. 나 혼자라도 그냥 이플 오빠에게 갈걸.

"야, 이플 오빠 스케줄 변경됐나 봐. 예능 찍으러 새벽에 춘천 갔대."

꿀맛 같은 낮잠에 빠져 있는데 하영이가 풀 죽은 목소리로 전화했다.

"그럼 우리도 춘천 갈까? 오빠 촬영하는 거 보고 너 학원 끝나는 시간에 맞춰 오면 되잖아."

"나도 그러고 싶지만 요즘 우리 엄마느님, 눈에 레이저 달고 나 감시하잖냐."

맥이 빠졌다. 자율 학습과 보충 수업조차 없는 주말에는 하루 종일 혼자 있어야 한다. 긴긴 겨울 방학을 이용해 아르바이트라도 하면 좋을 텐데, 알짜배기는 방학을 일찍 시작하는 대학생들이 차지하고 남은 자투리 아르바이트마저 동작 빠른 아이들이 다 예약을 해 두어 하나도 남아 있지 않았다. 선행 교육, 선행 학습, 선행 예약. 선행이 아니면 살아갈 방법이 없는 게 현실인가 보다.

시간은 느리게 흐르고, 아이들은 아무도 안 오고, 교실은 조용하기만 했다. 휴대 전화를 열어 이플 오빠 팬 카페를 어슬렁거렸다. 새로운 소식은 없었다. 나는 상담 선생님을 힐끔거리며 도미노 카드를 만지작거렸다. 열 개 정도 세우고 쓰러뜨리고 또 세우고 쓰러뜨리고를 반복하고 있을 때, 인기척이 느껴졌다. 여자아이가 빼꼼 얼굴을 내밀었다. 그 애도 분위기를 바꾸진 못했다. 인사말만 오간 상태에서 셋은 각자 도미노와 씨름했다. 상담 선생님은 도미노에 빠져 약간의 시간 차를 두고 남자아이 세 명이 합류한 것조차 몰랐다. 셋은 하나같이 넋 나간 얼굴로 서서 분위기를 파악했다. 그러다 야구 모자를 쓴 아이가 쭈뼛거리며 도미노 카드를 가져왔고, 키 큰 아이는 밖으로 나갔다 다시 들어왔다.

"여기 도미노 프로그램 하는 곳인가요? 분명 다솜 교실이 맞는데……."

키 큰 남자아이 말에 상담 선생님이 불에라도 덴 듯 벌떡 일어섰다. 어느새 시계의 분침은 5분을 넘어가고 있었다.

"어, 언제 시간이 이렇게. 하, 한 명이 아직 안 왔네요. 일단 시작하면서 기다리도록 하겠습니다."

상담 선생님은 웅얼웅얼 이야기를 하며 점퍼 주머니 속에 손을 넣었다 빼기를 반복했다. 나는 제자리를 못 찾고 방황하는 손을 따라다니느라 눈이 핑핑 돌 지경이었다. 닉네임을 불러 출석을 확인하는 동안 상담 선생님은 아이들과 눈도 맞추지 못했다. 여학생은 피오나와 나 둘뿐이었고, 남학생은 헤라클레스, 아마존, 백색왜성까지 세 명이었다. 오지 않은 한 명을 포함해 신청자는 총 여섯 명이었다.

"제가 오늘이 상담 처음이라……. 가, 갑자기 일을 떠맡게 돼서 말입니다."

군바리인가? 아마존이 중얼거렸다. 누군가 숨죽여 웃자 나를 포함한 몇 명이 따라 웃었다. 어쨌든 상담 선생님의 어설픈 모습이 경직된 분위기를 풀어 주는 데 도움이 되긴 했다.

"이 시간은 이성에 대한 고, 고민이나 상처 같은 것을 이야기하는 시간입니다. 음…… 그러면 다른 사람들이 위로도 하고, 또…… 잘될 수 있는 방법도 찾아봐 주고…… 그러면 됩니다. 누, 누가 먼저 하겠습니까?"

손을 드는 아이는 아무도 없었다. 침묵 때문에 삐그덕거리는 의자 소리조차 요란하게 들렸다.

"그, 그럼……."

상담 선생님이 창백한 얼굴로 주위를 둘러보았다.

"어, 억지로 시키는 건 저도 싫습니다. 하고 싶은 마음이 들면 그때 손을 들어 주십시오."

"도미노를 계속해도 되나요?"

피오나가 물었다.

"음…… 그럴까요? 저도 오늘 처음 알았습니다. 도미노가 마음을 들여다보는 데 도움이 된다는 걸 말입니다. 한 상자에 500개 정도 들어 있으니까 1500개는 될 겁니다."

"꼭 해야 하는 건 아니죠?"

헤라클레스가 공격적으로 한숨을 토해 냈다.

"하, 하기 싫은 사람은 그냥 구경해도 됩니다. 그래도 여기서 나가지는 말아 주십시오."

상담 선생님이 말했다. 그냥 이렇게 도미노를 하며 시간 때우다 가는 것도 나쁘지 않겠다는 생각이 들었다. 나는 상자에 담긴 도미노 카드 중 흰색과 연분홍색 카드를 바구니에 담았다.

내가 중3 때까지만 해도 아빠는 승빈이네 아빠와 같은 회사에 다녔다. 사는 곳도 가까워 승빈이네와 우리 가족은 휴가를 같이 가기도 했다. 하지만 중학교에 입학한 후부터는 가족들 모임에 따라가지 않았다. 그러다 보니 가끔 길에서 부딪히는 것 이외에는 서로 얼굴 볼 일이 없었다. 나와 승빈이가 다시 가까워지게 된 것은 같은 고등학교에 다니면서부터였다.

입학식 날부터 지각이었다. 이미 식이 시작된 강당 문을 살짝만 열고 들어가려던 차였다. 때마침 나오려던 키 큰 남자애와 문틈에서 얽혀 버렸다. 그 바람에 몇 초이긴 하지만 서로 껴안은 꼴이 되었다. 고개를 들었을 때, 나를 내려다보고 있던 남자애와 눈이 마주쳤다.

"어?"

"어!"

승빈이와 나는 감탄사로 인사를 나누었다. 좁은 문틈에 낀 채. 그 후 우리는 학교에서 자주 보게 되었고, 어릴 때의 추억을 끄집어내며 각자 다른 기억으로 티격태격하기도 했다.

따스했던 햇살이 점점 달아오르기 시작할 무렵이었다. SNS로 시시콜콜한 일상을 주고받다 잘 자란 인사를 하려던 참에 승빈이가 물었다.

─우리 사귈까?

뜬금없는 질문에 나는 알쏭달쏭한 이모티콘을 보냈다.

─사실 초등학교 때 살짝 너 좋아했었는데, 몰랐어?
─음…… 어.
─무슨 여자애가 그렇게 무디냐? 내가 몇 번이나 신호를 보냈는데.

그랬었나. 심장이 정신 줄을 놓고 미친 듯이 뛰기 시작했다. 방 안의 모든 것이 다 배경으로 물러나고 오래전 나를 설레게 했던 승빈이의 모습이 클로즈업되어 아른거렸다. 승빈이네 가족과 함께 갔던 갯벌 축제, 찐득한 진흙탕 속에서 허우적거리다 결국 터뜨리고 만 울음, 아이언맨보다 더 멋지게 갯벌 위를 달려오던 승빈이의 모습, 강하고 따뜻했던 승빈이 손의 감촉. 잊혔던 감정이 마법처럼 시간을 거슬러 다시 찾아왔다. 그것도 순식간에. 나는 심호흡을 한 후 하트가 달린 이모티콘으로 마음을 전했다. 나도 좋아했었다는 말은 꿀꺽 삼킨 채.

달콤한 사랑이 시작되려고 할 때쯤, 아빠가 회사를 그만두었다는 것을 알게 되었다. 벌써 8개월 전이라고 했다. 3년 전 처리됐던 업무에 문제가 생겼는데, 아무도 책임지려 하지 않았단다. 회사에서는 누구라도 총대를 메서 빨리 사건을 마무리하길 원했고, 어찌어찌하다 보니 아빠가 그 총대를 메게 되었다고 했다. 거짓 출근이 밝혀진 후 아빠는 오히려 후련해했다. 엄마의 응원 아래 사업을 구상하느라 한동안 바빠 보였다. 그러다 점점 술에 취해 들어오는 날이 잦아졌다. 어느 날부터인가는 하루 종일 집에 틀어박혀 술을 마시거나 깊은 잠에 빠져 있었다. 엄마와 나와 남동생은 폭발물을 안고 바다 한가운데 떠 있는 것처럼 불안했다. 공부에 몰입할 수가 없었다. 나는 승빈이를 안식처로 삼았고, 나보다 일곱 살 어린 동생은 자꾸만 말썽을 일으켰다.

"요즘 우리 아빠는 홀로그램 같아. 형체는 있는데 손에 잡히지 않는."

승빈이와 나란히 앉은 버스 안에서 내가 말했다. 승빈이는 아무 말 없이 내 손을 잡아 주었다. 심장이 롤러코스터를 탈 때보다 더 울렁거려 정신이 하나도 없었다. 손을 잡고 있을 뿐인데 마치 온몸을 잡힌 것만 같았다. 나는 불안함 속에서도 사랑이라는 깊고 거대한 신세계 속으로 빠져들고 있었다.

흰 카드 사이에 연분홍색 카드를 끼워 넣었다. 숫자 17을 만들 생각이었다. 어디선가 플라스틱 카드가 쓰러지는 소리가 들렸다. 아, 망했다. 피오나는 바닥에 주저앉아 무너져 버린 도미노를 보며 머리카락을 움켜쥐었다.

"생각보다 쉽지 않죠?"

상담 선생님 말에 피오나가 고개를 끄덕였다.

"자신의 이야기를 하고 싶은 사람 혹시 있습니까?"

아무도 대답하지 않았다. 상담 선생님이 시간을 확인하며 아랫입술을 씹었다. 아까부터 마음속에서 풍선처럼 커지고 있는 말이 자꾸 삐져나오려 했다. 입 밖으로 꺼내고 싶지 않은 말, 하지만 꾹꾹 누를수록 제멋대로 펑 터져 버릴 것만 같은 말. 위태로움을 가라앉히기 위해 몇 번이나 깊은 숨을 내쉬었다. 하지만 터질 건 결국 터지고 마나 보다.

"도미노는요, 삶이랑 닮았다는 생각이 들어요."

나를 보는 아이들 표정이 멍했다. 웬 뚱딴지같은 소리냐 묻고 있는 것 같았다.

"좀 더 자세히 얘기해 줄 수 있습니까?"

"연달아 와르르 무너지잖아요. 딱 하나만 건드렸을 뿐인데. 삶도 그런 거 같아요. 보이지 않는 잔인한 도미노 법칙."

"어…… 도미노 이론이라는 게 있습니다. 처음 그 말을 쓴 건 미국 아이젠하워 대통령이었는데요. 베트남이 공산화되면 주변 국가들도 모조리 공산화가 될 것이다. 그러니 베트남 전쟁에 미국이 개입할 수밖에 없다. 그런 주장이 바로 도미노 이론이었습니다. 어, 또…… 우리나라에 외환 위기가 닥쳤을 때 다른 아시아 국가들까지 도미노처럼 경제 위기가 올 거라고 예상한 것 역시 도미노 이론이라고 볼 수 있습니다."

어쩌면 세상 모든 이치가 도미노 이론 안에 있을지 모른다. 쓰러지면 서로 맞닿을 거리에 있는 원인과 결과 그리고 결과에 따른 또 다른 원인과 그 원인에 따른 결과의 보이지 않는 연결 고리. 내 삶을 무너지게 한 도미노의 첫 카드는 누구였을까. 아빠? 엄마? 승빈이? 머릿속이 정신없이 엉켜 버린 느낌이다. 확실한 건 나를 이곳으로 이끈 사람은 이플 오빠가 아니라 승빈이라는 사실이다.

아빠가 퇴직금을 몽땅 날렸다는 걸 나중에서야 알게 됐다. 게다가 빚까지 지게 되었단다. 위기가 닥치면 어떤 가족은 똘똘 뭉쳐 함께 대응하지만, 어떤 가족은 서로를 보는 게 괴로워 흩어진다. 엄마 아빠는 후자를 선택했다. 하지만 흩어지는 게 더 고통스럽다는 걸 엄마 아빠는 모르는 것 같았다.

"너희 부모님 이혼하신다던데."

승빈이가 엄마한테 들었다며 괜찮으냐고 물었다. 나는 고개를 흔들어 보였다.

"엄마는 동생과 살고, 난 아빠랑 살게 될 거야. 이럴 줄 알았으면 동생한테 더 잘해 주는 건데."

동생과 헤어질 생각만 하면 눈물이 났다. 짜증 내고, 쥐어박고, 소리 지르던 기억밖에 없어 너무 미안했다. 그때 승빈이는 손을 잡아 주지 않았다. 훌쩍이는 내 앞에서 고개를 숙인 채 콜라에 꽂힌 빨대만 만지작거리고 있었다. 모든 게 예전 같지 않았다. 엄마도, 아빠도, 승빈이도.

그 후 승빈이는 전화도 안 하고 문자에 답도 없었다. 학교에서 만나면 못 본 척하거나 흔들리는 눈으로 입만 웃어 보이고는 급히 스쳐 갔다. 혼자 온갖 망상에 시달리다 승빈이네 집을 찾아갔다. 1층 출입문 비밀번호를 누르려던 승빈이가 나를 보더니 반갑게 손을 흔들었다. 잔뜩 긴장했던 마음이 느슨해지며 안도감에 웃음이 났다. 나는 짐짓 화가 난 척 쏘아붙였다.

"너 요즘 완전 헷갈린다. 두 얼굴 인격자 같아."

"지금은 꽃미남 얼굴이야, 짐승남 얼굴이야?"

"장난해? 치이. 꽃짐승남 얼굴이다, 뭐."

승빈이의 애교에 뾰족했던 말꼬리가 흐물흐물 무뎌지고 말았다.

"엄마가 공부만 하라잖아. 그래서 눈치 보고 있는 거야."

"그럼 우리 계속 사귀는 거야?"

"당연하지. 나중에 연락할게."

싫으면 싫다고 분명하게 거절하는 게 덜 잔인한 거다. 승빈이는 단지 불편한 상황을 모면하려고 거짓말을 했던 거였다. 승빈이의 태도는 더 모호해졌고, 나의 망상은 나무뿌리처럼 사방팔방으로 자라났다. 결국 학원 입구에서 기다리다 승빈이를 끌고 나왔다.

"설레는 마음이 사라진 거 같아."

승빈이가 자기 운동화를 내려다보며 말했다.

"나 만나면 즐겁다며? 에너지 바 먹는 느낌이라며?"

"언제부턴가 에너지가 고갈되는 느낌이야. 아무래도 널 위로하기에는 내 그릇이 모자라는 것 같아. 나도 등을 기대고 싶을 때가 있거든."

그 말을 전해 들은 하영이는 이렇게 분석했다.

"분명 승빈이네 엄마가 너랑 사귀지 말라고 했을 거야. 너네 집안 사정 다 알고 있잖아."

우리 집안 사정. 아, 그게 에너지 바를 에너지 고갈로 만들 줄 몰랐다. 그제야 현실이 정면으로 보였다. 아빠의 직업, 경제력, 부모님의 관계, 내 성적, 미래까지. 나와 승빈이의 신분은 이제 같지 않았다.

엄마는 여동생을, 아빠는 나를 재산 나누듯 나누었다. 집값이 싼 곳을 찾는다는 이유로 엄마는 지방에 터를 잡았다. 그리고 결혼 전에 했던 학습지 교사 일을 다시 시작했다. 엄마와 헤어진 후 아빠는 더욱 말이 없어졌고, 여전히 집에만 있었고, 술은 더 많이 마셨다. 그랬던 아빠가 어느 날부터인가 달라지기 시작했다. 낚시에 빠진 것이다. 아빠는 낚시 도구를 챙겨 집을 나섰다. 며칠, 혹은 몇 주 만에 집에 돌아오곤 했는데 얼굴빛이 밝아 보였다. 하지만 그뿐이었다. 돈 버는 일에는 완전히 등을 돌린 것 같았다.

"도시에서 벗어나면 생태계의 흐름이 보여. 작은 존재조차 늘 바쁘게 움직이더라. 아무도 보지 않아도 자연의 섭리에 따라 자신이 해야 할 일을 묵묵히 하고 있는 거지. 자연 앞에서 숙연해지는 이유가 그 때문이 아닐까 싶다."

아빠도 자연의 섭리에 따르면 좋겠다. 아빠가 제자리를 찾아 아빠 역할을 해 준다면 우리 가족이 다시 뭉칠 수도 있지 않을까. 그러면 다시 승빈이를 설레게 하는 에너지 바가 될 수 있지 않을까. 하지만 아빠는 시간이 흐를수록 현실에서 점점 멀어지고 있는 느낌이었다.

"그래도 우리 아빠보다는 훨씬 낫네요."

아마존이 끼어들었다. 툭, 툭, 툭. 아마존은 세우던 도미노를 하나하나 쓰러뜨렸다. 입을 떼고 보니 깊이 감춰 두었던 아픔까지 이야기를 하고 있었고, 이야기를 하다 보니 내 도미노도 마음처럼 되지 않았다. 문득 여기 있는 아이들의 도미노는 어떤 모양일지 궁금해졌다. 고개를 쑥 빼고 들여다보았지만 제대로 완성된 건 하나도 없었다. 헤라클레스는 처음부터 꿋꿋하게 휴대 전화만 만지작거리고 있었다.

"승빈이와는 결국 잘 안 되었나 보네요? 여기 온 거 보면."

아마존이 물었다. 그제야 내가 왜 여기 있는지 또렷하게 보였다. 집에 혼자 있고 싶지 않아서도, 갈 곳이 없어서도 아니었다. 승빈이가 박아 놓은 가시를 감당할 수 없었던 거였다. 이별이 주는 선물 따윈 기대하지도 않는다. 버스 안에서 잡혔던 손의 여운이 아직도 심장을 흔들어 댔고, 많은 것을 잃은 상황이지만 그래도 아직 남아 있는 것을 찾고 싶었다.

"승빈이가 사귀는 애가 해린이래. 너 알고 있었어?"

하영이가 승빈이의 새 여친 소식을 물어 왔다. 몰랐다. 꿈에도 생각해 본 적 없었다.

"어떻게 그럴 수 있냐? 너랑 승빈이가 사귄 거 뻔히 알면서, 너랑 해린이가 단짝이었던 거 뻔히 알면서. 둘 다 최악이다, 진짜."

그래서였구나. 해린이가 내게서 멀어진 이유가. 그 틈을 하영이가 채워 주지 않았으면 나는 외톨이가 되었겠지.

"1 더하기 1이 뭔지 알아?"

내 질문에 하영이가 한숨을 푹 쉬었다.

"뭐냐? 이 상황에서 유치원생도 아니고 유치하게."

"0이야. 누군가의 남자 친구와 여자 친구가 만나면 그 누군가에게는 아무것도 남지 않으니까."

어차피 승빈이 마음은 승빈이 거다. 아무리 애써도 승빈이에게 향하는 마음을 돌리지 못하는 내 마음처럼 승빈이도 해린이에게 끌리는 마음을 어쩔 수 없었을 뿐이다. 그렇게 이성은 상처 입은 감성을 다독이려고 진을 빼고 있었다. 그래도 두 사람이 함께 있는 장면을 보는 일 따윈 없었으면 좋겠다고 생각했다.

그런데 잔인한 도미노 이론은 왜 자꾸 내 발을 거는지. 하영이와 함께 공원을 걷던 중이었다. 햇살이 물러난 어둠을 크리스마스 등이 황홀하게 밝히기 시작할 무렵, 호수가 보이는 작은 벤치, 그리고…… 승빈이와 해린이의 입맞춤.

"뭐냐, 쟤네? 진도가 너무 빠른 거 아냐?"

"가자."

내가 발길을 돌리려 하자 하영이가 팔을 잡았다.

"야, 그냥 가면 어떻게 해. 얼굴이라도 확 긁어 버려."

"난 아무렇지도 않아. 그냥 가자."

"아무렇지도 않긴, 너 표정 좀 봐."

하영이가 휴대 전화를 거울 모드로 바꾸어 내 얼굴에 들이밀었다. 나는 하영이의 손을 탁 쳐 버렸다. 그 바람에 휴대 전화가 바닥에 나뒹굴고 말았다.

"괜찮다니까 왜 그래?"

"괜찮긴 뭐가 괜찮아. 너한테 말 못했는데, 승빈이 쟤 양다리 걸친 거야."

"양 다리든 염소 다리든 난 괜찮다고!"

하영이는 어이없는 표정으로 나를 노려보다 발을 쾅쾅 구르며 가 버렸다. 나는 혼자 남았다. 엄마, 동생, 아빠, 승빈이, 단짝이었던 해린이 그리고 하영이마저 내 곁을 떠났다. 도미노처럼 순식간에 관계가 무너져 버렸다. 공원 한가운데 서서 생각에 빠져 있는데 하영이가 돌아왔다. 갈 때처럼 발을 쾅쾅 구르면서. 하영이는 휴대 전화를 주워 들고 이리저리 살폈다. 그제야 나는 개미만 한 목소리로 휴대 전화가 괜찮은지 물었다.

"휴대 전화는 완전 괜찮으셔. 근데 내가 안 괜찮거든."

"열 식히러 가자."

나는 하영이를 끌고 아이스크림집으로 갔다.

"강현 오빠 먹방 프로에 나온 거 봤어? 짱 귀엽지."

하영이가 강현 오빠 동영상을 보여 주며 호들갑을 떨었다. 하영이는 10분 넘게 강현 오빠를 찬양하느라 아이스크림을 죽으로 만들었다.

"드라마, 영화, 노래, 소설의 공통된 소재 중 제일 많은 게 뭔지 알아? 사랑이야. 나는 그깟 사랑이 뭐라고 다들 난리냐 싶었어, 승빈이를 사귀기 전에는. 근데 이젠 알 것 같아. 주인공들의 심정이 가슴에 팍팍 박히면서 다 내 이야기인 것 같아."

"너 앞으로 우리 오빠나 사랑해라."

누가 들으면 자기 친오빠를 말하는 줄 알 거다. 하지만 하영이가 말하는 '우리 오빠'란 연예계의 만능 엔터테이너 강현이다.

"이번 주말에 우리 오빠 나오는 음악 방송 보러 갈 건데 같이 갈래?"

"됐어. 연예인 좀 그만 따라다녀. 그러다 서울에 있는 대학 갈 수나 있겠냐?"

"네 걱정이나 하셔."

말은 저렇게 하지만, 하영이 영혼에도 구멍이 숭숭 뚫려 있다는 걸 안다. 자신이 뭘 하고 싶은지 어떤 사람이 되고 싶은지 생각할 겨를 없이 철이 들었다고 했다. 하영이가 '우리 오빠' 다음으로 많이 하는 말은 '빨리 어른이 되고 싶어.'이다. 부모에게 효도하고 싶기 때문이라나. 하영이는 엄마 아빠에게 '하느님'의 '느님'을 붙여 불렀다. 두 '느님'이 원하는 효도는 부모가 설계한 인생을 사는 것이다. 하영이는 의사 자격증을 받는 순간 에덴동산을 가장한 '느님'들의 사육장을 벗어날 수 있다고 했다. 그게 하영이가 연예인을 따라다니면서도 죽어라 공부하는 이유였다.

"찌질이한테 차이고 찔찔거리지 말고 나처럼 공인된 멋진 남자한테 빠져 봐."

"연예인 좋아하면 좋은 점 세 가지만 대 봐."

"많지! 먼저, 밀당이니 썸이니 쓸데없는 감정 낭비를 하지 않는다."

"또."

"같은 감정을 가진 사람이 많을수록 행복하다. 아무도 독점하려 하지 않거든."

"또."

"애정 표현을 아무리 해도 부담스러워하지 않는다. 오히려 고마워하지."

"생각해 볼게."

하영이와 헤어져 집으로 돌아오면서 공원 놀이터에 다시

가 보았다. 두 사람이 앉아 있었던 벤치에 승빈이와 해린이 대신 마시다 만 캔 커피 두 개가 다정히 놓여 있었다. 당분간 은 커피 냄새만 맡아도 속이 뒤집어질 것 같았다.

집으로 가는 길에 몇 번을 망설이다 승빈이에게 전화를 했다. 남녀 사이에 설렘은 봄 날씨처럼 변덕스러운 것이 아닐까. 입을 맞춘 건 순간적인 분위기 때문에 실수한 거라며 내게 미안하다고 하지 않을까. 미련이란 썩은 동아줄을 잡고 올라가는 것만큼이나 허망한 희망이라는 걸 그땐 몰랐다. 내가 얼마나 찌질하게 보였으면 질척이니 질색이니 하는 독설을 날렸을까.

—아빠, 이번 주까지 급식비 내야 돼요.

집 앞에서 아빠한테 문자를 보냈다. 아빠가 집에 와 계셨으면 좋겠다. 이제 오냐는 인사라도 해 줄 누군가가 있었으면 좋겠다. 혼자 있으면 둘의 입맞춤이 계속 떠오를 것 같았다. 나를 지치게 하는 것 중 하나는 잊고 싶은 순간을 자꾸 되새김질하게 만드는 기억이다. 기억은 예고도 없이 불쑥 찾아와 아픈 순간의 시간과 공간으로 나를 데려다 놓는다.

엄마는 아빠로서의 책임감을 위해서라도 꼭 돈을 타 내라고 했지만, 나는 그러지 않았다. 학원비를 챙겨 보내며 공부

열심히 하라는 엄마의 말에도 잠자코 있었다. 내가 진짜 공부 잘하기를 바란다면 일을 이렇게 만들지 말았어야 했다. 어쨌든 칼자루는 엄마가 쥐고 있었고, 그 칼을 휘두른 건 엄마였으니까. 현실 속의 계산은 수학과 다르다. 4 나누기 2도 1이고, 1 나누기 2도 1이다. 아빠와 엄마와 나와 동생. 네 명이 둘씩 나뉘었는데 나만 혼자 남았다. 한 가족이 둘로 나뉘었는데 나만 혼자 남았다. 이미 가속도가 붙은 도미노를 멈추는 건 불가능하다. 추락하는 것을 보는 마음은 점점 위축되어 쪼그라들 지경이었다. 때론 내 손으로 다 무너뜨리고 싶은 충동이 일기도 했다. 텔레비전만이 현실을 잊게 만들어 주었다.

백색왜성은 도미노 카드를 손에 든 채 움직이지 않았다. 남자는 멀티 플레이가 안 된다더니 내 이야기를 들으며 도미노 카드를 세우는 게 힘든 모양이었다. 피오나와 아마존의 도미노는 어느 정도 완성되어 가고 있었다. 그러고 보니 만들어 가는 모양이 자신의 이미지와 어울린다는 생각이 들었다. 피오나는 까만 카드와 노란 카드로 해바라기꽃을, 아마존은 여러 가지 색을 섞어 활 모양을 만들고 있었다. 나의 연분홍색 숫자 17도 완성 단계에 있었다. 연분홍색은 이플 오빠를 상징하는 색이다. 팬클럽 아이들은 연분홍색 티를 맞춰 입고, 연분홍색 모자를 쓰고, 연분홍색 야광봉을 흔든다.

이플 오빠를 처음 본 건 공개 오디션 프로그램에서였다. 처음엔 카푸치노처럼 달달하고 부드러운 목소리에 끌렸고, 그 다음은 통쾌한 웃음소리에 끌렸다. 방송 이후 '이플'이란 이름이 인터넷 검색어 1위를 차지했다. 여기저기 퍼져 있는 오빠의 정보를 검색할수록 나는 오빠에게 점점 빠져들었다. 한국 최고 대학을 통과한 지적 능력, 유명 예술인이 득실거리는 집안의 이력, 순정 만화에서 튀어나온 것 같은 매력적인 외모. 오빠의 인기는 매일매일 정상을 향해 질주하고 있었다. 하영이도 죽어라 쫓아다니던 강현 오빠를 버리고 이플 오빠 팬클럽으로 옮겨 탔다.

"연예인을 사랑하면 좋은 점 추가! 실연의 아픔도 없고, 마음이 변해도 미안해할 대상이 없다는 것. 완전 쿨하지 않냐?"

이플 오빠는 내 삶에 새로운 활력을 주었다. 하지만 미래에 대한 막연한 불안감까지 떨쳐 버릴 수는 없었다. 그럴 때마다 나는 이플 오빠에게 더 집착했다. 오빠와 관련된 기사나 사진을 스크랩하고 소감을 정리했다. 어떤 날은 누구에게도 하지 못했던 말을 털어놓기도 했는데, 그러고 나면 적어도 외톨이라는 생각은 들지 않았다. 콘서트 비용을 마련하기 위해 간식을 참고, 보일러도 낮췄다. 오빠를 기다리는 열 시간의 기다림도 지루하지 않았고, 새벽이 올 때까지 공식 카페에서 노니는 것도 피곤하지 않았다.

"헐, 그럼 잠은 언제 자요?"

백색왜성이 물었다.

"졸릴 때요."

아마존이 피식 웃음을 터뜨렸다.

잠깐 쉬자는 상담 선생님 말에 아이들이 하나둘 일어나 밖으로 나갔다. 결석생은 결국 오늘 안 올 모양이다. 그사이 나는 완성하지 못한 도미노를 세우기 시작했다.

"나도 중딩 때는 샤이니 오빠들한테 꽂혀서 완전 장난 아니었어."

고개를 돌려 보니 피오나가 내 옆에 쭈그리고 앉아 도미노를 들여다보고 있었다. 고1이라는 이 아이, 왠지 입이 가벼워 보인다. 혹시나 우리 학교 앤가 싶어 자세히 살폈다. 반 애들 얼굴도 가물가물할 정도로 인간관계 폭이 좁아진 나지만, 확실히 낯설었다. 다행이었다.

"각자 완성된 모양을 연결하면 어떻겠습니까?"

쉬는 시간 후 상담 선생님의 제안으로 우리는 다리를 놓아 각각의 모양을 이었다. 헤라클레스와 백색왜성도 합류했다.

"드디어 완성!"

피오나가 감동한 표정으로 손뼉을 쳤다.

"첫 번째 카드는 나무늘보가 넘어뜨리는 걸로 할까요?"

상담 선생님 말에 나는 가늘게 숨을 내뱉었다. 그러고는 천천히 첫 도미노 카드를 향해 다가갔다. 손을 내리려는 순간, 어떤 생각이 나를 사로잡았다. 나는 슬쩍 하얀색 도미노 카드 하나를 집어 들었다. 교실 안은 쥐죽은 듯 조용했고 모두들 내가 쓰러뜨릴 첫 번째 카드에 시선을 집중했다. 도미노를 향해 내미는 손이 바르르 떨렸다.

톡! 밀어내는 내 손길을 따라 도미노가 무너지기 시작했다. 첫 번째 카드가 두 번째 카드를 넘어뜨리고, 두 번째 카드는 세 번째 카드를 넘어뜨리고, 세 번째 카드는 네 번째 카드를 넘어뜨리고. 그렇게 하나하나 넘어지고 있었다. 하트 모양 도미노를 모두 쓰러뜨린 카드는 이제 해바라기꽃을 향해 달려가고 있었다. 순식간에 해바라기꽃 모양이 쓰러졌다. 마지막은 내가 만든 숫자 17이었다. 색색의 카드는 눈 깜짝할 사이에 흰 숫자판을 향해 질주했다. 나의 열일곱 살. 많은 것이 무너져 내린 시간들이 필름처럼 눈앞에서 흘러갔다. 나는 아빠를 생각하고, 엄마를 생각하고, 동생을 생각했다. 내 손을 폭 감싸고 있던 크고 따뜻한 승빈이 손이 가시가 되어 심장을 찔렀다. 눈이 시큰거렸다. 여기서 눈물까지 흘리면 쪽팔림의 극치일 텐데. 나는 마른침을 삼켰다.

갑자기 넘어지는 것이 멈췄다. 내가 세운 흰 도미노 카드 바로 앞에서. 모두들 멈춘 카드 앞쪽으로 몰려왔다.

"어, 애랑 얘는 간격이 너무 넓잖아."

"아까 나무늘보가 카드 하나를 빼는 것 같았는데."

아이들끼리 주고받는 말을 들으며 생각에 잠겼다. 그냥 무너져 버리고 싶다는 감정과 어떻게든 버티자는 이성과의 싸움에 마침표를 찍어야 할까. 카드는 내 손안에 있다. 내려놓고 쓰러뜨릴 것인지, 이대로 멈출 것인지. 내 의지만으로 도미노 카드는 멈출 수 있다. 하지만 삶은? 무너지는 나의 삶은 내 의지로 멈출 수 있을까.

"도미노 이론은 쓰러지는 것을 부정적인 측면으로 바라본 거지만, 도미노 게임은 넘어뜨리는 것을 즐거움의 목표로 삼는 거 아닐까요? 시원하게 쓰러지는 것을 통해 카타르시스를 느끼기도 하잖아요."

백색왜성이 말했다.

"음…… 제가 아까 말한 건 게임보다는 이론에 가까운 거 같아요."

내가 대꾸했다.

"좀 전에 찾아봤는데요, 역도미노 이론도 있습니다. 어떤 한 나라가 민주주의를 고수하면 주변의 나라가 공산화되는 것을 막을 수 있다는 거지요. 그 이론을 삶에 대비시켜 생각할 수도 있을 것 같아요."

헤라클레스는 우리가 도미노를 쌓는 동안 도미노 이론에 대해 알아보고 있었던 모양이다. 역도미노 이론이라. 내가 중심을 잡고 있다면 주변 상황이 무너지는 걸 막을 수 있다는 건가?

"좀 더 덧붙여 이야기해도 될까요?"

아마존이 끼어들었다.

"도미노가 넘어가기 시작한 건 나무늘보가 카드 하나를 넘어뜨렸기 때문이잖아요. 그때 저는 이런 생각이 들었어요. 도미노를 쓰러뜨리는 가속도의 보이지 않는 힘, 그 시작은 우리 안에 있는 게 아닐까 하는 생각이요. 그리고 이게 바로 역도미노 이론의 초점 아닐까요?"

아마존의 말에 아이들이 고개를 끄덕였다. 나는 주머니 속에 들어 있던 도미노 카드를 꺼내 만지작거렸다. 수많은 생각들이 한꺼번에 밀려왔다. 나를 지키는 방법으로 선택한 건 이플 오빠였다. 하지만 나는 알고 있다. 오빠의 환상에서 벗어나면 더 버티기 힘들 거라는 걸. 승빈이가 떠난 후 찾아온 추위보다 더 추울 거라는 걸. 벽에 걸린 시곗바늘은 마칠 시간을 향해 가고 있다. 나는 눈을 감았다. 아직 도미노 카드는 내 손안에 있다. ♣

2. 피오나 이야기

- 해바라기, 피어나다

오후가 되면서 안개가 자욱하게 몰려들었다. 온 세상이 뿌옇게 변했다. 손에 잡히지 않는 안개를 헤치며 걷다 보니 묘한 느낌이 들었다. 거리를 가늠할 수 없는 불빛, 불빛 사이로 들리는 형체 없는 목소리, 갑자기 스윽 나타났다 스윽 사라져 버리는 좀비 같은 사람들. 낯익은 제과점, 우체국, 분식집, 초등학교 앞 도로, 품종을 알 수 없는 가로수, 모두 똑같아 보이는 간판들의 낯선 풍경. 그리고 그 사이사이에 스며 있는 달콤하고 싸늘한 기억들.

청소년 회관 앞에 다다르자 누군가의 실루엣이 보였다. 짙은 안개 때문에 거의 코앞에 다가갔을 때에야 정체를 알아차릴 수 있었다.

"안녕! 피오나 맞지?"

나무늘보가 손을 흔들어 내게 인사했다.

"우리 지각이야. 벌써 시작했겠다."

내가 회관 유리문을 열며 말했다. 건물 안으로 들어서니 모든 사물의 색과 형체가 또렷해졌다. 마치 문 하나를 사이에 두고 다른 세상이 존재하는 것처럼. 우리 둘은 경주라도 하듯 계단을 뛰어 올라갔다. 나무늘보의 거친 숨소리가 점점 멀어져 갔다. 나는 3층으로 향하는 계단에서 나무늘보를 기다려 주었다.

"결정했어?"

나무늘보가 나와 같은 계단에 섰을 때 내가 물었다.

"헉헉. 뭘?"

"도미노 카드 말이야. 넘어뜨릴지 말지."

"다솜 교실에 도미노 카드가 아직도 있겠냐?"

"물론 싹 다 치웠겠지. 난 네 맘속에 있는 카드의 행방이 궁금한 거야."

나무늘보는 생각에 잠긴 얼굴로 숨을 고르다 엉뚱한 말을 했다.

"네 이야기를 먼저 들려주는 게 순서인거 같은데."

나는 말없이 어깨를 으쓱해 보이고는 남은 계단을 올라갔다. 다솜 교실 문을 열자 상담 선생님이 안도와 반가움이 섞인 표정으로 웃어 보였다. 아이들의 눈길이 나와 나무늘보에게 쏠렸다. 갑자기 심장이 요란스레 점핑을 해 댔다. 아픔을 보여 주는 일이 만만치 않다는 걸 심장이 먼저 깨달은 모양이다.

"지, 지금 막 자기소개를 하려던 참이었습니다. 지난 시간에는 제가 정신이 없어서요. 누, 누가 먼저 하겠습니까?"

"쌤만 하면 되지 않나요? 우리는 결국 서로 알게 될 테니까요."

아마존 말에 아이들이 맞장구를 쳤다. 상담 선생님 얼굴이 순식간에 달아올랐다. 얌전히 있던 손이 또다시 주머니 속을 들락거리기 시작했다.

"전, 음…… 이름은 박현우라고 하고요. 우주 과학에 호, 호기심이 많다는 거 외에는 소개할 게 없습니다. 잘하는 것도 없고, 개성이나 취향도 특별히 없고. 며, 몇 달 전, 계약직 회사를 퇴사하면서 청년 실업자 대열에 합류하게 되었는데…… 지금은 보다시피 팔자에 없는 상담 선생님 일을 잠깐 하고 있습니다."

상담 선생님 소개가 끝난 후 침묵이 흘렀다. 오늘의 주인공이 될 사람을 묻는데 아무도 대답하지 않았다. 또다시 심장이 요동을 쳐 댔다. 매 시간 이런 느낌을 겪어야 하다니 끔찍했다. 매도 먼저 맞는 게 낫겠지. 침을 한 번 꿀꺽 삼키고 마음속으로 등을 떠밀었다. 내가 앞으로 나가자 누군가 낮은 환호성을 질렀다. 나무늘보가 엄지손가락을 치켜세웠다.

"나의 연적은 신이에요."

"연적? 완전 구세대 버전이군."

헤라클레스가 킥킥 웃었다. 시작도 하기 전에 기분이 뭉개졌다.

"할머니 영향을 받아서 그래요. 그리고 제가 이 프로그램을 신청한 건 오랫동안 꽁꽁 감춰 두었던 마음을 털어 버리고 싶어서예요. 그럼 정리가 될 거 같아서요. 그러니까 이야기가 끝난 후에 의견을 주고받는 시간 같은 건 없었으면 좋겠어요."

고개를 끄덕여 보이는 상담 선생님의 눈이 따뜻하게 느껴졌다. 눈으로 괜찮다고 말하는 것 같았다. 나는 감정과 숨을 조절했다. 어디서부터 시작해야 할까.

가방에 손을 넣었다. 매끌매끌하고 동그란 게 손안에 폭 들어왔다. 참고서를 빌린단 핑계로 들렀던 유정이네 집에서 빈방을 자꾸 힐끔거리던 그때, 유정이네 오빠가 들어왔다. 그토록 보고 싶던 오빠가 내 앞에 나타났는데 나는 옷에 불똥이라도 튄 듯 후다닥 일어섰다. 그러고는 오빠와 눈도 마주치지 못하고 허둥지둥 현관 쪽으로 갔다.

"잠깐, 채은아."

오빠가 들고 있던 박스에서 뭔가를 꺼내 내게 내밀었다. 귤 같기도 하고 오렌지 같기도 한 과일이었다.

"천혜향이야. 하늘에서 내려 준 향기로운 과일."

제주도에서 온 귀한 거라며 졸릴 때 먹으면 잠이 달아날 거라고 했다. 하지만 아무리 졸려도 이 천혜향은 먹지 않을 거다. 오빠의 손길이 닿은 특별한 거니까.

오빠의 손길이 내게 처음 마법을 건 날, 나는 유정이와 함께 새로 받은 교과서를 살펴보고 있었다. 간식을 들고 온 오빠가 웃으며 내 어깨에 팔을 두른 순간, 심장이 쿵 소리를 내며 바닥으로 떨어졌다. 그 바람에 유정이 책상 위에 펼쳐진 교과서가 어떤 과목인지, 오빠가 그 책을 보고 무슨 말을 하며 웃는지 머릿속에 들어오지 않았다. 다만 단단한 오빠의 팔을 감싸고 있던 남방이 너무나 포근하게 느껴졌고, 나는 그전까지 추위를 느끼고 있었다는 걸 깨달았다. 그리고 낯선 감정에 빠졌다는 걸 알게 되었다.

"나 왔어."

할머니는 또 딴 세상에 가 있었다. 가끔 컴컴한 방 안에 웅크리고 앉아 몇 시간 동안 꼼짝도 하지 않았다. 암흑 세상에 빠져 무서운 고통을 인내하고 있는 것 같은 섬뜩한 느낌 때문에 무슨 일이냐고 물을 수조차 없었다. 그때처럼, 해바라기라면 알레르기 반응을 보이던 할머니가 화질 나쁜 해바라기 사진이 박힌 휴지 케이스에 시선을 붙인 채 넋을 놓고 있었다. 편지 때문인 거 같은데 아무리 졸라도 일본에서 보낸 편지 주인공이 누구인지 말을 하지 않았다.

나를 본 할머니가 어이쿠 하며 식탁 모서리를 잡고 일어섰다. 기우뚱. 몸이 왼쪽으로 쏠렸다. 고생을 너무 많이 해서 한쪽 엉덩이뼈가 빠졌대. 고칠 수도 없다는구나. 병원에 다녀오던 날 할머니는 서럽게 울었다. 지난 세월이 너무 억울하다면서. 그 후 할머니는 점점 더 삶에서 멀어져 갔다. 살아 있지만 죽은 것 같은 모습으로.

"뭐 좀 먹을려?"

"진짜 말 안 할 거야?"

할머니는 대답 대신 심문하듯 묻는 내 말을 못 들은 척 시계를 올려다보았다.

"벌써 열 시여, 어여 씻고 자."

나는 입을 쑥 내밀고 툴툴거리며 내 방으로 갔다. 암흑 속에 혼자 있다가도 나만 보면 세상 밖으로 나오는 할머니. 이쯤 되면 '그려, 여 앉아 봐라.' 했을 거다. 그런데 아무 반응이 없다. 문손잡이를 잡은 채 슬그머니 뒤를 돌아보았다. 슬퍼 보이기도 하고, 화가 난 것 같기도 하고, 뭔가를 두려워하는 것 같기도 한데 얼핏 작은 웃음도 스쳤다. 표정 해독 불가.

불을 끄고 누운 지 30분이 지났지만 잠은 도통 올 기미가 없었다. 오히려 정신이 점점 또렷해지며 숨 막혔던 기억들이 뒤죽박죽 섞여 달려들었다. 나사 빠진 심장 탓이다. 물을 벗어난 물고기가 몸부림치듯 심장이 자꾸 파닥거렸다.

다가오지 마, 제발. 오빠를 보면 안 돼. 이제 더는…… 감당할 수가 없어. 오빠에게 향하는 감정이 두려워 일부러 피해 다녔던 시간이 유난히 더디게 흘러갔다.

처음 몇 주간은 너무 보고 싶어 죽을 것 같았는데, 한 달 정도 지나니 겨우 숨을 쉴 수 있었다. 안 보면 멀어진다더니 정말 조금 더 지나면 폭풍 후 바다처럼 고요해질 수도 있겠단 생각이 들었다. 그러다가도 불쑥불쑥 못 견디게 찾아오는 그리움은 나를 헤어 나오지 못할 깊은 늪 속에 빠뜨려 허우적거리게 만들었다.

얼마나 더 견뎌야 하나. 누군가 그랬었지. 사랑한 만큼의 시간이 지나야 상처가 아물 거라고. 계절이 두 번 바뀌면, 그럼 완전히 포기하고, 잊고, 편안하게 살 수 있을까? 아, 가슴에 웅크리고 있는 사랑이란 덩어리를 수술하듯 도려낼 수만 있다면……. 이런 생각을 하며 걷고 있는데 만나 버리고 말았다. 바람이 유난히 많이 불던 날이었다.

"어디 가?"

"서점이요."

"잘됐다. 같이 가자, 서점 근처에서 약속 있거든."

바람결에 날리는 오빠의 옷자락을 의식적으로 피하며, 어느새 나는 거부할 수 없는 길을 따라가고 있었다. 한 발 한 발 내딛을 때마다 힘겹게 쌓아 올렸던 탑이 와르르 무너져 내렸다.

갑자기 오빠가 내 팔을 잡아 슬쩍 밀며 자리를 바꾸었다. 차 다니는 쪽은 위험하잖아. 왜냐고 묻지도 않았는데 오빠는 그렇게 말했다. 올려다보지 않아도 오빠 얼굴이 보였다. 반듯한 얼굴로 날 내려다보는 시선. 너무 긴장한 탓일까. 그 순간은 아무렇지도 않았다. 아무 느낌도 없었다. 그런데 시간이 지날수록 어깨에 닿았던 손길이 더 선명해지면서 머리부터 발끝까지 신비한 전율이 흘렀다.

그 순간을 떠올리자 또다시 심장이 요란하게 파닥거렸다. 이불을 걷어 내고 일어나 불을 켜고는 가운데 서랍을 열었다. 어수선한 서랍 안에서 천혜향이 도드라져 보였다.

천혜향을 코에 대고 숨을 깊이 들이마셨다. 달콤한 하늘의 향이 몸속으로 퍼졌다. 오빠 품에선 어떤 향이 날까. 땀 냄새조차 향기롭게 느껴질 거야.

갑자기 방문이 열렸다.

"여태 공부하니?"

엄마 몸에서 풍기는 찌든 기름 냄새가 하늘의 향기를 몰아 냈다.

"에이씨, 노크 좀 해."

"취업 영재반 신청한다더니 공부는 안 해도 되는 거야? 쓸 데없는 짓 하지 말고 빨리 자."

특성화 고등학교에 간 후로도 엄마는 여전히 공부 타령이 다.

"딸, 잘 자라."

아빠 얼굴이 엄마 머리 위로 나타났다 사라졌다.

방문을 잠그고 불을 껐다. 밖에서 엄마 아빠가 티격태격하 는 소리가 들렸다. 치킨집을 하면서부터 두 분은 매일 붙어 있게 되었다. 그러다 보니 서로에게 질린다고 했다. 잠시도 떨어지고 싶지 않아 결혼했다는 엄마와 아빠. 오빠와 내가 결 혼해서 스물네 시간 붙어 있게 된다면……. 아, 상상만으로도 황홀했다.

서랍을 열어 천혜향을 안쪽 구석에 넣었다. 서랍을 뒤질 사람도, 발견했다고 먹을 사람도 없지만 그래도 누군가의 눈 에 띄게 하고 싶지 않았다. 세상에 딱 하나뿐인 나만의 천혜 향이니까.

편지다. 현관 앞 재활용 바구니에 담긴, 꼬깃꼬깃 뭉쳐진 쓰레기는 할머니의 비밀스런 편지가 틀림없다. 나는 집 안을 살피며 얼른 주워 주머니에 넣었다.

스웨터를 걸치고 나오는 할머니 눈을 피해 현관문을 열었다. 할머니가 끙 소리를 내며 허리를 굽혀 재활용 바구니를 들었다. 나도 거들었다. 1층까지 가는 동안 볼록한 주머니가 계속 신경 쓰였다.

빽빽한 버스 안. 마음은 온통 편지에 가 있지만 주위를 둘러싼 수십 개의 눈 때문에 펴 볼 수가 없었다. 버스에서 내리자마자 편지를 꺼냈다. 마치 자를 대고 한 획 한 획 그은 것처럼 깔끔한 글씨가 드러났다.

봉선이 보시오.

당신의 아픔을 알기에 20년 전, 세 번의 거절이 서운치 않았소.

이제 와서 내 나라가, 내 아비가 한 짓을 용서받을 수 없다는 것 잘 아오. 하지만 사죄할 기회라도 얻고 싶은 날 이해해 줬으면 하오. 우리가 그런 잔인한 운명으로 만나지 않았다면…….

어쩌면 다 변명인지도 모르겠소. 당신이 보고 싶어서, 조선을 떠난 후 한순간도 당신을 잊을 수 없어서 용서니 뭐니 핑계를 대는 건지도 모르겠소.

당신에 대한 감정을 깨달은 순간, 나는 길을 잃고 말았소.

해바라기 섬에 갇힌 스즈키.

추신 : 당신의 답장을 기다리는 동안은 천국에 있는 듯 행복할 거요.

답장받고 싶은 간절하고 다급한 마음을 이렇게 낭만적으로 표현하다니……. 그런데 편지를 기다리는 동안은 천국일 거라고? 편지가 오지 않는다는 걸 안 뒤엔 지옥으로 떨어지겠네. 오빠를 사랑하는 동안 나도 천국과 지옥을 수없이 오르락내리락했다.

괴테 할아버지는 자기보다 쉰다섯 살이나 어린 소녀 울리케를 사랑하게 되면서, 신이 모세를 통해 인간에게 내린 계명의 첫 번째는 '사랑하지 말라'여야 한다고 했다. 비극의 원천은 언제나 사랑이고, 사랑은 인류의 비극이라고.

아니다. '사랑하지 말라'가 아니라 사랑하면 안 되는 금기를 만들지 말았어야 했다. 나이 차이가 많아서, 종교가 달라서, 가진 게 많거나 적어서, 교육 수준이 안 맞아서, 못 사는 나라라서, 그리고…… 신이 선택한 사람이라서. 사랑하면 안 되는 이유가 너무도 많다. 비극을 예상했다면 신은 사랑할 수 없는 이유가 없도록 똑같이 창조해야 했다. 더구나 모든 걸 다 가진 신은 인간만은 소유하면 안 되는 거였다. 아니면 오빠를 내 눈에 보이지 않게 숨겨 두던지.

스즈키는 할머니를 사랑하기 위해, 나는 오빠를 사랑하기 위해 태어났다. 하지만 신이 만든 금기 때문에 다가가지도 못하고 바라만 보고 있다. 사랑하는 대상에게 가까이 가지 못하는 해바라기처럼. 스즈키도 안쓰럽고, 나도 안쓰럽다.

집으로 돌아와 다시 편지를 읽었다. 정성스럽게 써 내려간 글자마다 할머니를 향한 그리움이 그대로 묻어 있다. 이런 사람을 세 번이나 거절했다니, 차가운 심장을 가진 사람이 아니고서는 도저히 할 수 없는 행동이다. 할머니가 이렇게까지 잔인하게 구는 이유가 도대체 뭘까?

할머니가 답장을 쓸 확률은 전혀 없다. 차라리 내가 쓰고 말지. 내가 쓴다……. 그럴까? 살다 보면 안 되는 걸 알면서도 그러고 싶을 때가 있다. 스즈키의 애절함이 내 마음을 강하게 움직이고 있는 지금처럼 말이다.

편지지를 꺼냈다. 막상 쓰려고 보니 무슨 말을 해야 할지 막막하기만 했다. 호칭부터 막혔다. 스즈키 님? 스즈키 상? 스즈키 씨? 한참을 고민한 끝에 제일 무난할 것 같은 '스즈키 씨'로 정했다. 그러고는 우선 연습장에 끼적거렸다.

스즈키 씨,

저는 잘 지내고 있습니다. 부족한 사람을 그토록 많이 사랑해 준 것 고맙게 생각하고 있어요. 시간은 흘러가 버렸습니다. 그러니 지난 일은 추억 속에 묻고 맘 편히 잘 살기를 바랍니다.

요즘 우리 손녀가 사랑에 빠진 것 같습니다. 이루어질 수 없는 힘든 사랑을 하는 손녀에게 할머니로서 뭐라고 위로를 해야 할지 고민입니다.

건강하세요.

한국에서 고봉선.

어쩌면 스즈키 씨를 위해서가 아니라 나를 위해 쓰고 싶었는지도 모른다. 아무에게도 말할 수 없었던 금지된 사랑을 누군가에게 털어놓고 슬픔과 상처를 위로받고 싶었으니까.

편지를 보낸 후 틈만 나면 우체통을 살폈다. 혹시라도 할머니가 먼저 스즈키 씨의 답장을 발견하게 될까 봐 조마조마했다.

"요 녀석들, 언제 나왔냐? 고딩 되자마자 자격증 쫓아다니느라 계절 변하는 것도 모르겠다, 야."

유정이가 발을 멈추고 나뭇가지 하나를 붙잡고 들여다봤

다.

해토비가 지나간 후 어느새 가지마다 싹이 돋았다. 예전에는 앙증맞은 새싹을 보면 희망이란 단어가 떠올랐는데 이젠 아니다. 슬픈 세상을 만난 생명이 가엾기만 했다.

"봄이라 그런가, 울 재수탱이 요즘 맛이 갔어."

유정이가 걸음을 옮기며 팔짱을 끼었다. 얘는 말끝마다 '탱이'를 붙인다. 다른 탱이는 다 괜찮은데, 내가 사랑하는 자기 오빠를 재수탱이라고 부르는 건 진짜 거슬린다.

"왜?"

"낸들 알겠냐? 툭하면 열두 시 넘어서 들어오고, 말도 안 하고, 식구들도 피하고 그래."

"무슨 일 있었어?"

"제주도로 피정* 갔었거든. 그때부터인 것 같아."

제주도라면…….

"천혜향, 그때 사온 거구나."

"아냐, 그건 네가 우리 집에 왔던 날 제주도 사는 친구가 준 거래. 어우…… 어쨌든 신부 되길 다행이지 안 그럼 멀쩡한 여자 인생 망칠 뻔했지 뭐야."

"너희 오빠가 어때서?"

---

*일상에서 벗어나 기도 또는 묵상을 통해 자신을 살피는 일.

"야, 같이 살아 봐라."

그러고 싶다, 영원히.

"왕자병에, 잘난 척은 엄청 해요."

"잘난 척이 아니라 잘난 거지."

"야, 혹시 너 우리 오빠한테 흑심 있냐?"

"뭐? 무, 무슨 말도 안 되는 소릴 하고 그래?"

퍽. 갑자기 화끈거리는 얼굴을 감추기 위해 뒤로 물러나 유정이 등을 쳤다.

"아야, 그렇다고 폭력을 휘두르냐? 하긴 너도 보는 눈이 있는데……. 히히. 기억 나냐? 울 오빠 고2 때 어떤 언니가 홀딱 빠져서는 장난 아니었잖아."

기억난다. 은경이라고 했었지.

"우리 아들 사제 될 사람이다."

유정이가 아줌마 표정과 말투를 흉내 내며 말했다.

"그때 그 언니 고개 푹 숙이고 돌아서서 가는데 진짜 불쌍하더라."

그 언니도 나만큼 힘들었겠다.

신이 선택한 아이입니다. 신부님이 이 말을 한 날부터 유정이네 엄마 아빠는 오빠를 신처럼 떠받들었다. 그러고는 오빠뿐 아니라 만나는 모든 사람들에게 말했다. 세상에서 가장 가치 있는 일, 사제의 길을 가게 될 거라고. 오빠는 이번에도 부모의 뜻을 순순히 받아들였다. 단 한 번도 속을 썩인 일이 없다고 자랑하는 부모에게 확인 도장을 찍어 주듯 스스로도 신의 선택을 뿌듯하게 여겼다. 오빠 때문에 찬밥 신세가 됐다고 투덜거리는 유정이조차 오빠에 대한 칭찬을 은근히 즐기는 것 같았다.

"너 『무소유』 책 있냐?"

유정이가 물었다.

"어. 근데 왜?"

"담탱이가 읽으라잖아. 어릴 때부터 무소유가 습관인 나 같은 사람은 안 읽어도 되는데 말이야. 이따 가지러 갈게."

"아, 아냐. 내가 가져다줄게. 산책도 할 겸."

늘 이 모양이다. 안 되는 걸 알면서 오빠 얼굴이라도 한 번 볼 수 있을까 싶어 인심 쓰는 척 대답하는 나. 의지박약에 구제불능이다.

서랍을 열자 신이 내린 향이 방 안에 퍼졌다. 천혜향, 볼수록 사랑스런 과일이다.

언제든 보고 싶을 때 볼 수 있고 만지고 싶을 때 만질 수 있는 나의 천혜향처럼 오빠도 내 사람이 된다면 얼마나 좋을까. 아니다, 어쩌면 신 이외에는 누구도 오빠를 소유할 수 없는 게 다행인지도 모른다. 만약 오빠를 신이 아니라 다른 여자에게 빼앗긴 거라면 질투심에 내 몸은 활활 타 버렸을 거다.

수녀가 될까. 그럼 오빠 곁에 있을 수 있겠지. 오빠와 함께 라면 모든 걸 포기할 각오가 되어 있다. 하지만 불순한 목적 을 가진 날 신이 받아 줄지 모르겠다.

시계를 봤다. 오후 네 시를 막 지나고 있었다. 요즘 오빠는 자정이 넘어서야 온다고 했지. 휴대 전화를 꺼냈다.

―밤늦게 갖다 줘도 돼? 일이 생겨서.

바로 답장이 왔다.

―곰탱! 월요일에 학교로 가져와.
―아냐, 지금 갈게.

옷장을 열었다. 며칠 전에 산 점퍼를 걸치고 머리를 정돈 했다. 커버 크림으로 주근깨를 가린 후 눈 주위와 입술과 볼 에 색조 화장을 살짝 발라 주었다. 내가 봐도 예뻐 보였다. 오빠를 만날지도 모른다는 기대감에 벌써부터 설레었다.

"어디 가냐?"

할머니가 물었지만 들은 척도 안 하고 나와 버렸다. 스즈키 씨도 아닌데 꼭 내가 거부당한 것처럼 할머니가 원망스러웠다.

역시 사랑의 여신은 내 편이 아니다. 두 시간 넘게 유정이 네 집에서 얼쩡거렸는데도 오빠는 돌아오지 않았다. 토요일이라 수업도 없을 텐데…….

집으로 오는 길에 자꾸만 주위를 두리번거렸다. 못 만나니 더 보고 싶다. 이 세상에 오직 오빠 한 사람만 존재하는 것처럼 주변 모든 것이 다 허상 같다.

찻길을 막 건넜을 때였다. 오빠다. 지는 해를 등에 업고 오빠가 나를 향해 걸어오고 있다. 온 세상이 오빠와 나에게 스포트라이트를 비추는 것만 같다.

20미터 앞. 하늘색 카디건이 참 잘 어울린다. 매력적인 오똑한 코와 톡 튀어나온 이마. 조각 같다. 10미터 앞. 어…… 우울해 보인다. 우수에 젖은 저 표정. 더 멋있다. 30센티미터 앞. 눈이 마주치지 않는다. 오빠는 날 보지 않았다. 애써 예쁜 표정을 짓고 오빠만 보고 걸어온 내가 보이지 않나 보다. 0센티미터. 오빠의 어깨와 내 어깨가 살짝 닿았다 스쳤다. 뒤돌아 오빠를 보았다. 내 사랑 오빠가 멀어지고 있다. 날 코앞에 두고도 못 알아본 채. 심장이 산산조각 나면서 왈칵 눈물이 쏟아졌다.

"왜 그랴? 응?"

현관문을 들어서는 내 얼굴을 살피며 할머니가 물었다.

"흐어엉……. 몰라도 돼."

"여, 앉아 봐라."

할머니가 식탁 의자를 내밀었다. 나는 의자를 밀치고 바닥에 철퍼덕 주저앉았다. 그러고는 목 놓아 울었다. 나를 봐 주지 않은 오빠도, 스즈키 씨 마음을 몰라라 하는 할머니도 다 원망스러웠다.

"엉엉……. 세상에서 제일 못된 사람이 누군지 알아?"

뜬금없는 내 질문에 등을 쓸어 주던 할머니 손이 멈췄다.

"알 수가 없지. 사랑 같은 거 해 본 적도 없을 테니까."

나는 야기죽거렸다. 옛날엔 얼굴도 모르고 시집갔다던 말이 떠올랐다. 고통스러운 사랑을 몰랐을 옛날 사람들이 차라리 부러웠다.

"언제 이렇게 커 버렸누."

동문서답이라니. 분위기 파악을 못하는 건지, 말귀를 못 알아듣는 건지.

할머니는 일어나 물 한 컵을 떠 왔다. 몸속 수분이 눈물로 다 빠져나가서 그런지 목이 마르던 참이었다.

"그러니까 1944년 되던 해 가을이었다. 그이를 만난 게."

나는 고개를 들었다. 할머니의 눈이 먼 곳을 향해 떠나고 있었다.

"해바라기는 우리 마을의 희망이자 생명이었다. 노란 해바라기가 온 땅을 수놓으면 아이들은 해바라기 사이를 헤집고 다니며 뛰어놀았지. 근데 어느 날부턴가 해바라기밭은 더 이상 우리 것이 아녔다. 조선 총독부 경무총장이란 놈이 오면서 아주 교묘한 방법으로 야금야금 빼앗아 버렸거든."

나는 가만히 듣고만 있었다. 내가 남긴 물을 비운 할머니는 길게 한숨을 내쉬고는 말을 이었다.

"일본 놈들 마음대로 조선을 주무르던 시대라 우린 꼼짝도 못하고 당할 수밖에 없었다. 그때부터 마을 사람들은 종살이를 혔지. 빼앗긴 내 땅에서. 굶어 죽지 않으려면 어쩔 수 없는 노릇이었지. 열한 살 무렵부텀 나도 해바라기밭에서 일혔다. 그날도 터진 손끝을 불어 가며 해바라기 씨를 비비고 있는데, 누군가 넋 나간 얼굴로 나를 보고 있더구나. 훤칠한 키에 허여멀건허니 어찌나 잘 생겼던지, 첨엔 이 세상 사람이 아닌 줄 알았다."

가슴을 쓰다듬는 할머니 볼이 붉어졌다. 수줍은 소녀가 된 할머니의 낯선 얼굴 위로 스즈키 씨의 모습이 보였다. 흐드러지게 피어 있는 해바라기보다 더 빛이 나는 남자. 해바라기보다 더 활짝 웃고 있는 사람은 아, 내 사랑 오빠였다. 어느새 내 볼에도 두근거리는 심장의 열기가 전해졌다.

"스즈키 상이라는 그인 나보다 네 살이 많았지. 그인 하루도 거르는 날 없이 매일 해바라기밭에 왔다. 일본말도 갈쳐 주고, 그림도 그려 주고, 먹을 걸 갖고 와서 내 입에 넣어 주기도 혔지. 누군가한테 귀현 대접받기는 그때가 첨이었다."

진작 알았으면 편지에 스즈키 상이라고 쓸 걸 그랬다는 생각이 들었다.

"나는 고맙기만 한데 그인 자꾸만 미안타고 혔다. 그러면서 하늘에 대고 약속혔지. 아내로 맞이하믄 꼭 행복하게 해 주겠다고."

"스즈키 상 부모가 가만있었어?"

"가만두지 않았지. 그 사실을 알고부텀 우리 식구를 괴롭히기 시작혔다. 엄마를 잡아다 고문하고, 배급도 주지 않았지. 내겐 스즈키 상 주변에 얼씬도 말라고 협박을 해 댔고……. 눈 뜨면 두려움만 가득한 세상에서 스즈키는 안식처 같은 존재였다. 그일 잃는 건 견딜 수 없는 고통이었지. 스즈키 상도 그렸는지 우리 엄마가 사정사정을 혀도 몰래 날 보러 오곤 혔다. 그럴 즈음, 아버지가 독립운동하다 잡혔다는 소식이 들렸는데…… 스즈키 상이 울 아버지를 구해 달라고 빌다 식음을 전폐하고 누운 일이 더 큰 화근을 불러왔지 뭐냐."

할머니 눈에 눈물이 고였다.

"며칠 후 일본 놈들이 들이닥쳐서는 우리 가족들을 죄다 잡아가더구나. 형틀엔 고문으로 만신창이가 된 아버지가 묶여 있었다. 아버지 몰골은 차마 눈 뜨고 볼 수 없을 지경이었지. 근데 이상하게 눈물조차 나오지 않더구나. 대일본 제국의 은혜도 모르는 더러운 조센징은 다 몰살시켜 버리겠다는 경무총장의 고함도, 아버지를 향한 총도 꿈속인 듯 그저 멍하기만한 게……. 어머니가 뛰어들어 아버지 앞을 막아서는 게 흐릿하게 보이더구나. 순간 요란한 총소리와 함께 어머니가 쓰러졌다."

할머니의 목소리가 떨렸다. 내 입에선 가느다란 비명이 새어 나왔다. 아주 오래전의 고통이 지금 할머니 앞에서 다시 살아나고 있었다.

"그제야 엄마의 죽음이, 짐승처럼 울부짖는 가족들의 모습이 살아 있는 공포로 느껴지더구나. 경무총장 총이 아버지를 쓰러뜨리고 나와 남동생들을 향할 때였다. 우릴 둘러싼 마을 사람들을 헤치고 그이가 달려왔다. 내 앞을 막아서며 제발 살려 달라고, 다시는 만나지 않을 테니 아이들만은 그냥 두라고 애원했다. 그 인간도 어쩔 수 없었는지 총을 내려놓더구나. 나는 정신을 잃고 말았지. 스즈키 상은 다음 날 일본으로 돌아갔다더구나."

울림이 너무 강한 말은 입 밖으로 꺼내기 어려운 법인가 보다. 할머니가 왜 그랬는지 이해할 것 같다고, 그동안 어린아이처럼 군 거 미안하다고 얘기하고 싶은데, 말이 목에 박힌 채 나오질 않았다.

"그 사람은 아무 잘못 없다는 거 안다. 하지만, 아무리 지난 세월이라지만 그일 보는 게 내겐 상처를 후비는 것과 같더구나. 그래서 만나 주질 못했다."

"할머니를 찾아왔었단 말이야? 한국에?"

할머니가 무겁게 고개를 끄덕였다. 그러고는 한동안 말없이 허공을 응시했다. 나는 할머니가 고통의 터널을 지나올 때까지 기다려 주었다.

"넌 할미가 사랑이 뭔지 모를 거라 했지."

할머니가 입을 뗐을 땐 이미 어둠이 집 안 구석구석에 내려앉은 후였다.

"할미도 행복한 사랑을 해 봤고, 세상이 무너질 것 같은 이별도 겪어 봤다. 그땐 그 사람을 잃으면 못 살 거 같았지. 하지만 말여, 그런 사랑은 다 물거품 같은 거란다."

물거품 같은 거라니, 내가 얼마나 오랫동안 가슴앓이를 하고 있는데.

"요즘 젊은 애들이 그러더구나, 사랑은 변하는 거라고. 이 할민 배우지 못해 잘은 모르겠다만 그 말이 틀린 것 같진 않다. 변한다는 걸 제대로 안다면 말이다. 네 또래 사랑과 어른 됐을 때의 사랑 그리고 부부 간의 사랑은 다를 게다. 남편으로서, 아내로서 자기 자리를 책임지는 거, 그게 부부 간의 사

랑이지 싶다. 만약 그 사랑에서 벗어나면 가정이 어떻게 되겠
냐?"

"그야…… 깨지겠지. 근데 내 또래 사랑은 어떤 건데?"

"네가 지금 하고 있지 않냐?"

다 알고 있었구나. 꽁꽁 숨기려고 애썼는데, 신과 나만 알
거라 생각했는데.

"지금은 모를 게다. 네 모습이 얼마나 고와 보이는지. 사랑
하고 있는 사람에게만 나타나는, 뭐라고 혀야 하나……. 그렇
지, 빛을 품고 있는 반딧불이 같다고나 할까."

반딧불이면 개똥벌레잖아. 윽, 하필이면 벌레에 비유하다
니. 그런데 빛이 난다고? 나는 내 자신이 구질구질하고, 초라
하고, 불쌍하기까지 한데.

"하지만 말이다. 지금 네가 맛보는 사랑이 다는 아니란다.
진짜 사랑은 자식을 낳고 나서야 깨닫게 되더구나. 물론 자식
을 사랑하는 거랑 남녀 간의 사랑은 다른 거다만, 사랑은 다
같은 뿌리에서 나오는 거 아니겠냐? 할민 네 아비와 고모를
낳고 키우면서 그리고 널 키우면서 진짜 사랑이 뭔지 알겠더
라. 백 번을 잘못하고 돌아와도 기쁜 맘으로 품어 줄 수 있는
마음, 다 주고도 뭔가 더 주고 싶어 주위를 두리번거리게 되
는 마음, 그저 내 자식이라는 것만으로 세상 부러울 것 없는
마음. 그런 사랑은 고통스럽지도, 아프지도, 질투 나지도 않

는 법이지."

할머니 말이 아직 가슴에 와 닿지는 않는다. 내가 할머니 나이가 되어 인생의 쓴맛, 단맛을 다 보았을 때에야 이해할 수 있을까. 어쨌든 나는 지금 사랑이란 놈 때문에 너무 아프고 슬플 뿐이다.

편지가 왔다. 감격하고 행복해하는 스즈키 씨의 마음이 눈에 보이는 것 같았다. 오랜 시간을 거슬러 스스로 해바라기 섬에 갇혀 있는 게 오히려 행복하게 느껴진다고 했다. 사랑에 빠진 손녀를 위해 뭔가 해 주고 싶다고도 했다. 큰일이다. 한국에 오겠단다. 도착까지 열흘 남았다.

할머니한테 솔직하게 말해 버릴까? 하지만 차가운 심장을 가질 수밖에 없던 할머니의 고통을 알아 버린 지금, 두 사람의 만남이 서로에게 얼마나 잔인한 짓인지 알기에 그럴 수가 없다.

할 수 없이 또 거짓 편지를 썼다. 사정이 생겨 한동안 외국에 있을 예정이니 오지 말라고. 손녀 메일로 편지를 받았다는 답을 해 달라고 덧붙였다.

편지를 보내고 나서야 스즈키 씨가 컴퓨터를 못 할 수도 있겠다는 생각이 들었다. 그래도 혹시나 하는 마음으로 하루에도 몇 번씩 메일을 열어 보았다. 우편함도 확인했다. 괜히 일을 만들어서 고생이다.

스즈키 씨가 한국에 온다는 날이었다. 눈 뜨자마자 메일을 확인해 보았지만 오지 않았다. 일요일인 줄 알면서도 편지함을 열어 보았다. 비어 있었다.

할머니가 없으면 돌아가겠지. 스스로를 위로해 보았지만 불안은 사라지지 않았다. 세 시 몇 분이라고 했었지? 도착 시간을 보려고 편지를 찾았다. 그런데 가방에 편지가 없었다. 서랍을 뒤졌다. 가운데 서랍을 여는데 시금털털한 냄새가 코를 찔렀다. 이런, 나의 천혜향이 썩어 있었다. 전날 아침까지도 괜찮았는데. 갑자기 더워진 날씨 탓이었다.

"안 나가냐?"

또 물어보신다. 하루 종일 내 눈치를 보면서 똑같은 말을 물어보는 할머니한테 나도 모르게 짜증이 났다.

"안 나간다니까."

할머니는 뭔가 말하려다 그냥 문을 닫았다. 나는 방 안을 왔다 갔다 하며 시계만 힐끔거렸다. 안 되겠다, 유정이에게 도움을 청해야겠다.

전화받는 유정이 목소리가 착 가라앉아 있었다.

"공항 같이 안 갈래?"

"미안, 지금 그럴 상황 아냐. 울 재수탱이 집 나갔어."

"뭐?"

심장이 걷잡을 수 없이 뛰면서 불길한 예감이 온몸을 휘감았다.

"신부 되는 거 포기하겠대. 지금 우리 집 분위기 장난 아니야."

어떻게 이런 일이! 순간 얼핏얼핏 보였던 오빠의 어두운 표정들이 떠올랐다. 이런 바보, 사랑한다면서 여태 눈치도 못 채다니. 잠깐, 그럼 나 이제 맘껏 좋아해도 되는 거잖아. 오빠와 함께 미래를 꿈꿀 수도 있는 거잖아. 아! 신이 내 소원을 들어주신 거야. 드디어 오빠가 내 사람이 되는 거야. 순식간에 불길함이 환희로 변했다.

신이 내 편인 걸 확인한 순간, 스즈키에 대한 두려움과 걱정은 물거품처럼 사라져 버렸다. 거짓 편지가 들통난다 해도 기쁜 마음으로 야단맞을 수 있을 것 같았다. 나는 서둘러 옷을 갈아입고 공항으로 향했다. 버스를 기다리며 오빠한테 전화를 했다. 휴대 전화가 꺼져 있었다. 몇 번을 걸어도 고객님의 휴대 전화가 꺼져 있다는 기계음만 흘러나왔다. 다급히 문자 메시지를 보냈다.

-오빠, 어디예요? 식구들이 걱정해요. 저도 걱정되고요. 연락 주세요.

오빠가 연락하면 바로 받을 수 있게 휴대 전화를 진동으로 바꾸고 바지 주머니에 넣었다. 주머니 안에 뭔가 있었다. 스즈키 씨 편지다. 여기 있던 걸 까먹고 계속 찾았다니. 세탁할 때 편지까지 빨았을 텐데 신기하게 물 묻은 흔적조차 없다. 혹시 할머니가? 떠오르는 생각을 밀쳐 내며 급히 편지지를 폈다. 도착 시간 3시 10분.

사람들이 우르르 몰려나오다 뜸해졌다. 한참을 기다려도 스즈키처럼 보이는 사람은 눈에 들어오지 않았다. 아무래도 노인이라 이런저런 절차를 거치는 데 오래 걸리나 보다.

시계를 보았다. 4시 15분. 이제 나오는 사람은 아무도 없었다. 직원한테 확인해 보니 해당 비행기 탑승객은 모두 입국 수속을 마치고 짐을 찾아갔다고 했다.

다행이다. 스즈키 씨가 편지를 본 것이다. 행운은 내 편인 것 같았다. 오랫동안 날 괴롭혔던 일들이 순식간에 풀리고 있었다. 오빠한테 다시 전화를 걸었다. 역시 꺼져 있었다. 한 번 더 문자를 보냈다.

-오빠, 제가 도울 일 없어요? 뭐든 말해 주세요.

공항을 나오려는데 피켓 하나가 눈에 들어왔다.

고봉선 할머니를 만나러 왔습니다.

젊은 남자가 피켓을 들고 초조한 얼굴로 두리번거리고 있었다. 저 사람이 스즈키 씨? 말도 안 돼, 겨우 스무 살 정도밖에 안 돼 보이잖아. 그래도 흔치 않은 할머니 이름 때문에 확인할까 어쩔까 망설이고 있는데 남자가 휠체어 탄 노인을 향해 다가가는 게 보였다. 나는 설마 하는 마음으로 노인을 살펴보았다. 몇 가닥 남지 않은 하얀 머리카락, 푹 꺼진 눈에 깡마른 얼굴, 한 손에 들어올 것 같은 왜소한 어깨, 얼룩진 검버섯까지. 아무리 세월이 흘러 노인이 되었다 해도 할머니가 말한 훤칠한 스즈키 씨의 모습은 어디에도 남아 있지 않았다. 저 노인이 절대 스즈키 씨일 리가 없지. 하지만 할머니와 똑같은 이름이 써진 피켓 때문에 그냥 돌아갈 수는 없었다.

"저…… 저희 할머니가 고봉선인데……."

둘의 표정이 환해지며 내 주위를 살폈다. 아, 이런! 스즈키 씨가 맞다 보다.

"할머니는 못 나오셨어요. 편지 보냈는데."

노인의 눈에 실망하는 빛이 역력했다. 하지만 곧 온화하게 웃으며 손을 내밀었다.

"스즈키라고 하오. 혹 손녀 따님이신가?"

"예."

능숙하게 한국말을 하는 목소리는 듣기 좋은 저음이었지만, 맥없이 가늘게 떨리고 있었다. 아, 이분이 스즈키 씨라니. 사랑하던 사람이 앙상한 겨울나무처럼 초췌하게 변한 걸 보면 할머니는 얼마나 실망스러울까. 평생 고운 모습만 기억하고 간직하는 게 훨씬 좋을 거라는 생각이 들자 할머니한테 말 안 하길 잘했다 싶었다.

스즈키 씨가 젊은 남자를 향해 일본말로 뭐라고 말하자 그가 내게 꾸벅 인사했다.

"안녕하시므니까."

"손자 우메즈라오."

나도 고개를 숙여 보였다. 우메즈가 의자를 가리키며 앉으라는 표시를 했다. 내가 끝 쪽 의자에 앉자 우메즈가 휠체어를 가까이 옮기고는 내 옆자리에 앉았다. 그러고는 가방을 열어 커다란 스케치북을 꺼내 내게 내밀었다. 나는 눈으로 뭐냐고 물으며 한 장을 넘겼다.

태양을 바라볼 때마다 해바라기는 새로 피어난다오.
−스즈키 야스히로

반듯한 스즈키 씨의 글씨가 익숙하게 느껴졌다.

"마지막으로 꼭 한 번 만나고 싶었는데."

마지막이란 스즈키 씨의 말이 명치끝에 얹힌 순간 휴대 전화의 진동이 느껴졌다. 오빠다. 얼른 받았다. 심장이 쿵쾅거렸다. 심장 뛰는 소리가 휴대 전화를 타고 오빠에게까지 들릴 것만 같았다.

"채은아. 문자 이제 봤어."

오빠 목소리가 밝다. 다행이다.

"부탁이 있는데 들어줄 거지?"

기뻤다. 오빠가 복잡한 상황에서 내게 전화했다는 사실이.

"그럼요. 근데 지금 어디세요?"

"제주도. 우리 식구들한테 전해 줘, 나 잘 있다고. 실망시켜 드려서 죄송하다고. 하지만 지금이 나는…."

휴대 전화 너머로 들뜬 여자 목소리가 들렸다. 오빠의 말소리가 잠깐 끊기며 누군가에게 대답하는 소리가 희미하게 들렸다.

"미안, 그러니까…… 이제야 내가 원하는 삶이 뭔지 알게 됐고, 내가 찾은 사랑을 절대 놓칠 수 없다고, 어느 때보다 행복하다고 전해 줘. 다음 주에 여자 친구랑 같이 갈 거야, 인사드리러. 너한테도 소개해 줄게. 채은이한테도 축하받아야지."

숨이 막혔다. 온 세상이 뿌연 안개에 덮인 듯 답답했다. 유리를 통해 들어오는 봄 햇살조차 칙칙했다.

"채은아, 채은아. 듣고 있니?"

떨리는 내 손에서 휴대 전화가 미끄러지며 사라졌다.

스케치북을 넘겼다. 햇살을 받은 해바라기와 소녀가 햇살보다 더 환하게 웃고 있었다. 목울대가 아팠다. 이렇게 맑은 웃음을 가진 소녀였다니. 절뚝거리는 걸음걸이와 우울한 할머니의 표정을 떠올리자 심장이 베인 것처럼 쓰렸다. 한 장을 넘겼다. 소녀가 치마를 나풀거리며 해바라기 사이를 뛰어다니고 있었다. 눈물이 났다. 차라리 만나지 않는 게 서로를 위해 좋은 거야. 두 분의 환상이 깨지지 않게 내가 지켜 준 거야. 또 한 장을 넘겼다. 눈물과 그림이 범벅이 되어 온통 노란색뿐이다. 흐느낌이 통곡으로 바뀌었다. 지나가는 사람이 힐끔거리든, 스즈키 씨와 우메즈가 어쩔 줄 몰라 허둥대든 상관없었다.

내 손에 보드라운 게 닿았다. 손수건이다. 눈물을 닦았다. 콧물도 닦아야 하는데 낯선 사람들 앞에서 코까지 풀기는 민망했다. 고개를 돌려 코에 손수건을 갖다 댔다. 멀리 낯익은 스웨터 무늬가 눈에 띄었다. 기둥에 기댄 채 울고 있는 사람. 얼굴도 낯이 익다. 아, 이런. 할머니다.

나는 자리에서 벌떡 일어났다. 무릎에 놓였던 스케치북이 떨어졌다. 어떻게 알고 왔을까. 그러고 보니 집을 나서기 전 방문을 열었을 때, 수화기를 든 채 당황하던 할머니 표정이 떠올랐다. 병원 갈 때 늘 사용하던 콜택시를 불렀던 거였나. 내 몸은 선 채 굳어 버렸다. 할머니의 젖은 눈이 내게 머물렀다. 우메즈가 떨어진 스케치북을 어정쩡하게 주워 들었다.

"괜찮스므니까?"

내 휴대 전화를 내밀며 우메즈가 물었다. 나는 고개를 흔들었다. 괜찮지 않다. 두 사람을 갈라놓은 채 추하게 만들어 버린 세월도 괜찮지 않고, 할머니한테 들켜 버린 상황도 괜찮지 않고, 무엇보다 두 분의 환상이 깨질까 봐 괜찮지 않다. 아니…… 그동안 가슴 아프게 간직해 온 비밀스런 사랑을 잃어서 그게 제일 괜찮지 않다.

스즈키의 해바라기도 나의 해바라기도 결국 이렇게 시들어 버렸다. 비극을 위해 창조된 꽃, 희망과 설렘으로 피어난 꽃은 끝이 보이지 않는 벼랑으로 떨어져 버렸다.

울음을 멈춘 할머니가 스즈키 씨를 보고 있었다. 기우뚱 한쪽으로 쏠리는 몸을 추스르며 우리 쪽을 향해 왔다. 주저앉을 힘조차 남아 있지 않은 내 다리는 후들거리는 몸을 받친 채 꼼짝도 안 했다.

고봉선? 스즈키 씨가 떨리는 목소리로 삼키듯 중얼거리며 할머니에게 다가갔다. 서로 마주 보는 두 사람의 눈이 단비

맞은 꽃잎처럼 빛났다. 나는 한 발자국도 움직일 수 없었다.

청소년 회관을 나왔을 때는 안개 대신 어둠이 내려앉고 있었다. 안개가 있던 자리를 어둠이 채운 것뿐 달라진 건 없을 터였다. 하지만 청소년 회관을 들어갈 때와 나왔을 때의 사이에는 말로 표현할 수 없는 어떤 차이가 있었다. 굳이 표현을 찾자면 '마음의 공기'가 달라졌달까. 어쨌든 짙은 안개도 언젠가는 사라질 것이고 밤도 때가 되면 낮으로 바뀌겠지.

나무늘보가 다가왔다. 나무늘보는 주머니에서 뭔가를 꺼내 내게 내밀었다. 노란색 도미노 카드였다.

"아까 네가 물어본 질문에 대한 답이야. 언젠가 우리에게도 도미노 이론을 넘어설 수 있을 만큼의 힘이 생기겠지. 그때까지 이 도미노 카드가 삶의 중심축이 되어 줄 거야. 중심을 잃고 넘어지지 않도록 지탱해 주는."

"결국 도미노 카드를 넘어뜨리지 않기로 한 거네."

내가 도미노 카드를 받으며 물었다.

"내게 도미노는 게임이 아니니까."

돌려주려는 카드를 나무늘보가 다시 내 손에 쥐여 주었다. 그러고는 장난기 가득한 웃음을 지어 보이며 하얀색 도미노 카드를 꺼내 보였다.

"그건 네 거야. 네 거랑 내 거 두 개 꼬불쳤어. 쉿! 비밀이다."

　나무늘보가 내게 팔짱을 끼었다. 가끔 터져 나오는 웃음이 어두워지는 공기에 섞이고 있었다. ♣

3. 백색왜성 이야기

- 애꾸눈 사슴

"고함치지 말고 대화를 해!"

또 시작이다.

"고요한 상태에서 울림을 주라고. 지금 네 연주는 조용하긴 한데 시끄러워. 이유가 뭔지 알아? 속이 비어서 그래. 에너지가 안에서부터 나와야 진짜 음악이 전달된다고 몇 번 말해!"

청소년 밴드 페스티벌 날짜가 다가올수록 똥안쌤은 화산 폭발하듯 잔소리를 쏟아 냈다. 혜령이와 헤어진 후 아르페지오 주법이 엉키고 코드가 손에 잡히지 않던 터라 분출하는 화산재와 뜨거운 암석은 대부분 나한테 떨어졌다. 속이 시끄러우니 시끄러운 연주를 할 수밖에. 이강민 선생님이 불러내지 않았다면 더 이상 못 하겠다며 나와 버렸을 것이다. 나는 선생님을 따라 나가며 뻐근한 왼쪽 어깨를 풀었다.

"밴드 쌤 성격 너무 까칠해요."

이강민 선생님과 비밀 연애 어쩌구 하는 소문을 들은 터라 차마 동안쌤이라는 호칭을 쓸 수는 없었다. 밴드 선생님은 화장기 없는 얼굴에 불량 학생처럼 입고 다니며 스스로를 타고 난 동안이라 자랑하곤 했는데, 누군가 더러운 성격을 똥에 비유하는 바람에 우리끼리 '똥안쌤'이라고 부르기 시작했다. 예쁜 구석이라고는 콩알만큼도 없는 데다 성격까지 똥 같은 여자랑 사귀는 이강민 선생님이 안쓰러워 보였다.

"엄살떨지 마라. 넌 일주일에 한 번, 딱 두 시간 반만 참으면 되지만 난……. 뭐, 그건 그렇고. 너 왜 신청 안 하냐? 실연 극복 프로젝트."

"아, 싫어요, 쌤! 쪽팔리게."

"쪽팔리긴, 인마. 마음도 문제 생기면 AS 받아야 하는 거야."

"그러려고 기타 치고 있잖아요."

"너 연습 시간에 먼 산만 바라보고 있다며? 마음이 딴 데가 있는데 기타만 잡고 있음 뭐하냐? 여기부터 치료해, 인마."

이강민 선생님이 내 가슴 한가운데를 꾹 눌렀다. 그래도 기타라도 품고 있으면 덜 허전하다. 대꾸 없이 동아리실을 향해 등을 돌리는데 선생님이 내 팔을 잡았다.

"신청자가 없어서 그래. 내가 제안한 프로그램 다 꽝 됐잖아. 실적 올리게 좀 도와주라."

선생님의 애절한 눈빛을 본 순간, 어른들의 삶도 결코 쉽게 흘러가지 않는다는 걸 알았다. 단지 우리와 다른 점은 점점 두꺼워지는 얼굴 표정 뒤로 복잡하게 뒤엉킨 감정들을 감추고 있다는 것뿐. 나는 신청서를 받아 들 수밖에 없었다.

신청자가 없긴, 결석생까지 총 여섯 명이나 되는데. 첫날 프로그램을 마치고 명단에서 빼 달라고 할까 하다 말았다. 이강민 선생님도 없고, 맘에 안 들면 그때 가서 안 나오면 되지 싶어서였다. 그런데 벌써 오늘로 세 번째 시간이다. 그리고 내 차례다.

"오늘은 좀 색다른 시간을 가져 볼까 합니다. 어…… 백색 왜성의 협조로 시간 여행을 준비했습니다."

"시간 여행이요?"

아이들이 동시에 물었다. 상담 선생님이 돌돌 말린 브로마이드 크기의 뭉치를 만지작거리며 대답했다.

"어…… 그러니까 백색왜성과 함께 과거를 돌아본 후 미래를 예측해 보는 건데, 기억과 상상을 통해 원하는 시간으로 가는 것입니다. 이 사진들이 생생한 느낌을 주는 매개체 역할을 하지 않을까 해서 준비해 봤습니다."

지난 수요일, 상담 선생님이 전화를 했다. 해외 연수를 간 이강민 선생님과 통화했다는 말로 운을 뗐다. 그러고는 유명한 나의 연애사를 살짝 들추며 다음 시간에 그 이야기를 들려 달라고 했다. 그래야 여전히 무성한 수많은 소문을 잠재울 수 있을 것 같다고. 표정이 삭제된 상담 선생님의 목소리는 전혀 다른 사람 같았다. 마치 술래를 피해 어두운 옷장 안에 함께 숨어 있는 동안 저절로 생기는 신뢰감과 친근감이 느껴진달까. 아무튼 통화를 하는 순간, 뭔가에 홀린 것처럼 상담 선생님의 제안을 받아들였다. 그리고 휴대 전화에 저장된, 여자 친구와 함께 찍은 사진을 보내 주었다. 어쩌면 기다려 왔는지도 몰랐다. 상담 선생님이 말했던 무성한 소문들 때문에 학교에서도 학원에서도 힐끔거리며 수군거리는 저렴한 취미에 빠진 얼빠진 아이들을 피하느라 신경이 늘 곤두서 있었으니까. 그들에게 주먹이라도 날리고 싶었지만 꾹 참고 무심한 척 지나쳤다. 백색왜성을 떠올리며.

백색왜성은 작은 행성이지만 태양보다 훨씬 뜨겁다. 하지만 어느 순간 연료가 고갈되면 내부의 핵 용광로는 영원히 문을 닫게 되고, 차가워져서 단단한 결정체로 굳어진다. 차갑고, 단단하고, 굳어진 상태. 그게 나다. 태양보다 더 뜨겁게 타오르던 사랑의 감정은 수많은 상처만 남기고 고갈되어 버렸다. 닫힌 문은 이제 누구에게도 열리지 않을 것이다.

상담 선생님은 헤라클레스의 도움을 받아 사진 한 장을 벽에 붙였다. 나와 혜령이가 환하게 웃고 있는 커다란 사진을. 아이들이 갑자기 소란스러워졌다. 헐, 쟤 엄친딸 정혜령이잖아! 진짜? 수재에 연예인 마스크라더니, 예쁘긴 예쁘다. 그럼 백색왜성이 사귄 애가 쟤였던 건가? 완전 대박! 난 첫날부터 알았는데. 웅성웅성, 와글와글. 나보다 더 당황한 건 상담 선생님이었다.

"자, 잠깐만요!"

상담 선생님 말에 아이들이 입을 다물었다.

"어…… 이 사진은 백색왜성과 여자 친구가 행복했던 순간을 찍은 것입니다. 이, 일단, 백색왜성 말을 들어볼까요?"

상담 선생님이 나와 눈을 마주치며 앞으로 나오라고 손짓했다. 자리에서 일어서자 아이들이 낮은 환호성을 보냈다. 나는 복잡한 감정을 정리하느라 호흡을 가다듬었다.

"전 항상 운이 나빠요. 중요한 시험은 꼭 망치고, 어쩌다 땡땡이치면 인원 점검하고, 오랜만에 야구장 갔는데 응원하는 팀이 박살 나고, 늘 그런 식이죠."

아이들이 피시식 웃었다.

"그냥, 뭐, 그렇다는 거예요. 근데, 그 애를 만난 건 그리고 그 애와 사귀게 된 건 진짜 행운이었어요. 그렇게 예쁜 여자 친구가 생길 거란 생각은 꿈에도 하지 못했거든요."

기억은 혜령이를 만났던 시간을 향해 날개를 펴고 있었다. 번개빛 같은 강렬한 끌림에 심장이 녹을 뻔했던 순간 속으로.

도서관 열람실 창문을 향해 내려오는 봄 햇살에 눈꺼풀이 감기려던 참이었다. 등 뒤에서 인기척이 느껴져 게슴츠레 뜬 눈으로 뒤를 돌아보았다.

"저기…… 점퍼가 떨어져서요."

그녀가 내 옷을 의자에 걸며 속삭였다. 분홍빛 입술과 하얀 목선과 까만 머리카락이 내 눈을 어지럽혔다. 꿈인가 싶었다. 보라색 꽃이 흐드러진 원피스 자락을 살랑이며 그녀가 내 곁을 지나간 뒤에야 정신이 들었다. 그녀가 풍기는 묘한 향기는 또 한 번 내 기분을 아득하게 만들었다. 나는 그녀의 뒷모습을 보며 그녀의 손길이 닿았던, 그녀가 보물 다루듯 정성스럽게 매만졌던 내 옷을 쓰다듬었다. 신기한 일이다. 옷에 묻은 그녀의 체취가 느껴지다니. 단 몇 초 만에 나의 세상은 달라졌다. 주위의 모든 것들, 낡은 책들과 먼지 쌓인 책상과 칙칙한 공기조차 선명한 색을 띤 채 생동하고 있었다. 모두 특별하게 보였고, 모든 것을 끌어안고 싶어졌다. 우주의 출발점이 대폭발이라고 했던가. 그녀를 만난 순간 나의 우주는 폭발했고, 새로 태어났다.

그녀는 잠깐 주위를 두리번거리다 내 맞은편 책상에 자리를 잡았다. 아싸, 나와 정면으로 보이는 곳이다. 누군가 내가 앉은 책상과 그녀가 앉은 책상 사이의 빈자리에 앉지만 않는다면 서로 마주 볼 수 있는 최상의 위치였다. 그녀는 가방에서 수학 문제집을 꺼내 풀기 시작했다. 그녀와 마주친 후부터 내 관심은 오직 그녀에게만 쏠려 있어 나는 내가 무슨 공부를 하고 있었는지조차 잊었다. 눈은 자석에 끌리듯 그녀에게 고정되었다. 양쪽으로 늘어뜨린 머리카락 사이로 보이는 가냘픈 얼굴선과 오똑한 코, 긴 속눈썹을 가진 그녀의 얼굴은 '햇살처럼 눈부신 피부'라고 속삭이는 광고 모델보다 열 배쯤은 더 눈이 부셨다. 그녀가 갑자기 고개를 들었다. 헉, 눈이 마주치고 말았다. 나는 화들짝 놀라 고개를 푹 숙였다. 내가 보고 있었다는 걸 눈치챈 건 아닐까? 혹시 아무 여자나 힐끔거리는 변태나 환자로 보면 어쩌지? 마음속 주먹이 머리를 수없이 쥐어박았다. 그러는 중에도 여신 같은 얼굴을 또 보고 싶어 눈이 튀어나올 지경이었다.

"저기요. 혹시 이 문제 어떻게 푸는지 아세요?"

고개를 들어 보니 그녀가 내 옆에 서 있었다. 나도 모르게 자리에서 벌떡 일어섰다. 그 바람에 옷이 걸려 있던 의자가 요란한 소리를 내며 뒤로 나동그라졌다.

"놀라셨나 봐요. 죄송해요."

그녀가 어쩔 줄 몰라 했다. 우아! 그녀가 먼저 말을 걸다니. 그것도 두 번씩이나. 변태, 환자 따위의 불안감은 기우에 불과했다. 나는 의자를 세우며 겨우 심장을 진정시켰다. 그러고는 애써 태연한 척 그녀가 내민 문제를 들여다보았다. 아, 이런. 숫자와 글자들이 눈앞에서 어지럽게 흩어져 뭘 계산하라는지 통 알아먹을 수가 없었다. 으악, 수학은 내게 쥐약인데. 나는 속으로 침착하자, 침착하자를 외치며 문제집을 뚫어지게 내려다보았다. 아슬아슬한 순간, 처음으로 운이 내 편을 들어주었다. 다행히도 내가 알 법한 아주 쉬운 확률 통계 문제였다. 나는 속으로 '아싸!'를 외치며 문제를 풀어 보였다.

"고마워요."

그녀의 찡긋거리는 눈웃음에 정신이 아득해졌다. 자리로 돌아간 그녀는 휴대 전화로 누군가와 문자를 주고받더니 가방을 챙겨 나갔다. 나는 그녀가 수많은 책과 책상들 사이로 사라지는 모습을 멍하니 보며 아쉬움에 한숨을 푹 내쉬었다.

그날 이후 나는 수학 문제를 열심히 풀었다. 나의 그녀가 또 나타나 내게 문제를 풀어 달라고 하는 행운의 날을 기대하고 기다리며. 하지만 봄이 다 지나도록 그녀는 나타나지 않았다.

그녀를 다시 만난 건 종합 학원에서였다. 수업을 재등록하던 날, 붐비는 아이들 틈에서 나는 그녀를 한눈에 알아보았다.

"저, 안녕…하세요?"

나는 겨우 용기를 내어 인사했다. 처음에 그녀는 나를 기억하지 못하는 것 같았다. "지난 번, 도서관에서, 수학 문제."하고 말하자 그녀는 고운 눈을 허공에 둔 채 생각에 잠겼다. 잠시 후 활짝 웃으며 반가운 체를 했다.

정혜령. 얼굴만큼이나 예쁜 나의 그녀 이름이다. 호주에 있다 온 지 얼마 안 돼서 국어와 수학 성적이 제일 떨어진다며 모르는 문제를 물어봐도 되냐고 물었다. 나는 아주 반갑게 고개를 끄덕여 주었다. 그녀는 내 옆에 앉았다. 매일매일. 그날 이후 나는 학교 수업은 빨리 끝나길 초조하게 기다렸고, 학원 수업은 늦게 끝나길 기도했다.

학원이 끝나면 우리는 학원 차를 타지 않고 걸어서 집에 갔다. 혜령이를 집에 데려다주느라 열두 시가 넘어야 집으로 돌아올 수 있었다. 하지만 학원에서 혜령이 집으로 가는 길은 너무나 짧게 느껴져 아쉽기만 했다. 집에서는 늦게까지 공부하다 오는 걸로 알았고, 나날이 좋아지는 성적에 부모님은 만족스러워했다. 외국어 고등학교를 다니는 혜령이의 선생 노릇을 하려면 국어와 수학은 신의 경지까지 가야 했다. 때문에 나는 초긴장 상태로 공부에 몰입하느라 가끔 코피를 쏟았지만, 힘든 줄 몰랐다. 혜령이와 나는 그렇게 붙어 다니며 자연스럽게 친구가 되었다. 나는 혜령이의 남자 친구가, 혜령이는 나의 여자 친구가. 난 혜령이가 나만의 그녀가 되길 바랐고, 그럴 거라 믿었다.

혜령이 옆에 있으면 나는 영웅이라도 된 것 같아 저절로 어깨가 펴졌다. 내 곁을 스치는 많은 사람들이 처음에는 혜령이에게서 눈을 떼지 못했다. 그러다 옆에 선 나를 마치 이순신 동상 바라보듯 우러러 보았는데, 그때의 우쭐함이란……. 친구들은 '미녀와 야수 커플'이라며 부러워했다. 그 와중에 가끔 혜령이에 대한 이상한 소문이 들리기도 했다. 하지만 개뼈다귀 같은 소문이라 생각하고 무시해 버렸다.

계절이 바뀌었다. 여름 방학의 태양은 하늘 한가운데서 잔인하리만큼 열을 내뿜었지만 끔찍하게 싫었던 여름도 그 해만큼은 더할 나위 없이 상쾌했다.

"아, 집에 가 봐야 반겨 줄 사람도 없고."

"엄마는?"

부모님이랑 누나가 시골에 내려가서 집이 비었다는 말을, 그래서 우리 집에 같이 가지 않겠냐는 말을 어떻게 해야 하나 고민하던 끝에 내뱉은 말에 혜령이는 천진스런 표정으로 물었다.

"할머니 칠순이라 광주 내려가셨어. 내일 오실 거야."

"넌 안 가?"

"공부가 더 중요하다고 오지 말래."

"나도 고등학생이 되고 나서는 가족 모임에 잘 안 가."

"우리 삶이 그렇지, 뭐. 아, 요즘 도서관 에어컨은 왜 이리 약하게 트는지. 더워 죽을 맛이야."

"그럼 너네 집에 가서 공부할까?"

혜령이가 팔짱을 꼈다. 난 속으로 쾌재를 불렀다. 행운의 시간을 어떻게 채울까 하는 생각에 갑자기 머리가 복잡해졌다. 여자들은 요리 잘하는 남자를 좋아한다고 했지. 우선 분위기 나는 영화 음악을 틀어 놓고 김치볶음밥으로 요리 솜씨를 보여 줘야지. 아니야, 폼 나는 스파게티 같은 걸 해 줘야 하는데. 이럴 때를 대비해 요리 연습 좀 해 둘걸. 공부하다 지루하면 기타를 쳐 볼까. 감미로운 목소리는 아니지만, 사랑 타령까지 흥얼거려 준다면 나에 대한 매력이 한층 올라가겠지. 아, 얼마 전에 찍은 별 사진도 보여 주고, 오리온도 소개해 줘야겠다. 오리온 녀석을 보면 혜령이도 엄청 예뻐할 거야.

이런저런 계획을 세우는 중에 망할 놈의 음흉한 본능이 은근슬쩍 심장에 불을 지피고 있었다. 혼자 혜령이를 생각할 때면 첫날 입었던 보라색 원피스 표면으로 볼록하게 솟아오른 가슴이 먼저 떠올랐다. 그럴 때마다 몸 깊숙한 곳에 뻣뻣하게 힘이 들어가곤 했는데, 그 힘은 매번 나를 무장 해제시켰다.

그러니 혜령이와 함께 집으로 가는 동안 두 가지 마음이 충돌하느라 갈팡질팡할 수밖에.

혜령이는 집으로 가자마자 텔레비전부터 켰다. 때문에 분위기 나는 음악은 접어야 했다. 부엌에서 딸그락거리는데 배가 고프지 않다며 그냥 옆에 앉아서 텔레비전이나 같이 보자고 했다. 혜령이는 채널을 이리저리 돌리더니 쇼 프로에 멈춰 놓고 넋을 놓고 보았다. 혜령이는 텔레비전 앞에서 꼼짝하지 않았고, 나는 배가 너무 고팠다.

"벌써 세 시야. 우리 점심도 안 먹었잖아. 뭐 좀 먹자."

쇼 프로가 끝나자마자 채널을 돌리는 혜령이에게 내가 말했다.

"너 혼자 먹어. 난 먹는 거 별로야."

먹는 게 별로라니. 사람이 어떻게 그럴 수 있담. 하지만 그것조차 신비감을 갖게 했다. 마치 이슬만 먹을 것 같은 여신처럼. 그러고 보니 혜령이가 뭔가를 먹는 걸 본 적이 거의 없었다. 학원 끝나고 집에 가는 길에 떡볶이나 어묵, 아이스크림을 먹자고 할 때마다 혜령이는 고개를 흔들었고 주말 데이트에 맛있는 걸 사 주겠다고 하면 학생이 돈이 어디 있냐며 거절했었다. 그런데 화장품이나 독특한 스타일의 액세서리, 옷, 가방을 보면 구경하느라 시간 가는 줄 몰랐다. 가끔 그녀가 고른 것을 사 주곤 했는데, 그때마다 무척 감동하는 표정을 지어 보였다. 그 비용을 대느라 전전긍긍하는 것조차 행복했고, 아름다운 미술 작품 감상하듯 그녀를 바라보는 타인들의 시선도 즐거웠다.

나는 혜령이를 데리고 베란다로 나갔다. 주황색 오리온 녀석이 반가운 듯 파닥거렸다.

"카나리아야. 이름은 오리온이고. 귀엽지?"

"으응. 근데 여긴 너무 덥다."

혜령이는 오리온을 한 번 쓱 보더니 손 부채질을 하며 거실로 들어가 버렸다. 나는 베란다에 뻘쭘하게 서 있다 따라 들어갔다. 혜령이는 뭔가 불편한 듯 긴장한 얼굴로 계속 손 부채질을 했다. 더운데 괜히 나가자고 했나 미안한 마음이 들었다. 에어컨을 더 세게 틀려고 하니 혜령이는 괜찮다며 에어컨 앞으로 가 섰다. 에어컨 바람을 쐬며 머리를 틀어 올렸다. 아, 몸짓 하나하나 손놀림 하나하나가 어쩜 저렇게 예쁜지! 넋을 잃고 감상하고 있는데 혜령이가 돌아섰다. 티셔츠 단추 하나가 풀어져 있었다. 살짝 가슴골이 보였다. 갑자기 얼굴이 화끈 달아올랐다. 나는 눈을 딴 데 돌리려 애쓰며 손으로는 뭔가를 찾는 척 허둥거렸다. 혜령이가 일어나 화장실로 들어갔다. 다행이었다. 나는 숨을 고르며 날뛰기 시작한 심장을 겨우 달랬다. 화장실에서 물 쏟아지는 소리가 났다. 설마 샤워를? 아, 이런 대책 없는 놈. 내 머리를 세게 쥐어박았다. 하지만 아무리 그래도 소용없었다. 짧은 순간 수백 편의 야동 화면이 내 이성을 코너로 몰아가고 있었으니까. 딸깍. 화장실 문이 열렸다. 나는 고개도 못 들고 얼른 부엌으로 피했다. 도둑이 제 발 저린다는 옛말이 딱 들어맞는 순간이었다. 냉장고 문을 괜히 열었다 닫고, 싱크대 물을 틀어 멀쩡한 손을 닦았다. 아, 그래도 안정이 안 됐다.

한심하긴! 내 안의 또 다른 내가 불쑥 나타나 꾸짖었다. 혜령이랑 관계 망치고 싶어? 아, 아니. 절대, 절대 아니지. 나는 세차게 고개를 흔들었다. 심장이 쿵쿵 뛰었다. 그런데 네 촉은 왜 자꾸 그쪽으로 뻗치는 건데? 내가 언제? 혜령이랑 집으로 향하던 순간부터 지금까지. 아니라니까, 절대 아니라고! 나는 심호흡을 했다. 멍청하긴, 인정할 건 인정해라. 네 자신까지 속이느라 끙끙대지 말고. 집요한 놈, 그래서 뭐, 나한테 원하는 게 뭔데? 흐흐흐. 네가 지금 원하는 건 딱 하나밖에 없잖아. 그거.

나는 부엌에 더 있다가는 돌아 버릴 것 같아 아무거나 손에 잡히는 것을 들고 거실로 나왔다. 헉! 갑자기 숨이 콱 막혔다. 혜령이가 속옷 차림으로 화장실 앞에 서 있었다. 수건으로 젖은 머리를 털며. 손에 들고 있던 게 바닥으로 떨어졌다. 겨우 정신을 차리고 바닥으로 떨어진 무언가를 집으려고 보니 바나나 두 개가 놀리듯 널브러져 있었다. 얼굴이 확 달아올랐

다. 그냥 바나나야. 정신 차려, 인마! 내 속에서 쯧쯧쯧 혀를
차는 소리가 들렸다. 나는 바나나를 집어 태연한 척 애쓰며
소파에 앉았다. 바나나 껍질을 벗겨 한입 베어 물었다. 혜령
이가 내 옆자리에 앉았다. 바나나가 통째로 목으로 넘어갔다.
캑캑. 기침을 하면서도 내 몸은 박제라도 된 듯 굳어 버려 손
가락조차 움직일 수 없었다. 아, 시원하다. 진작 샤워할걸 그
랬어. 속삭이는 그녀의 입김이 내 귀에 닿았다. 그녀가 일어
섰다. 리모컨을 들고 텔레비전 앞에 서서 채널을 돌렸다. 바
로 눈앞에 그녀의 길고 하얀 다리가, 얇은 천 사이로 비치는
엉덩이가, 맨살이 드러난 등이 있었다. 갑자기 반바지가 꽉
조여 오는 느낌이 들었다. 거칠고 불규칙한 내 숨소리가 텔레
비전 소리보다 더 크게 들렸다. 이러다 진짜 돌아 버리지 싶
었다. 갑자기 다른 세계가 엄습해 오는 느낌. 모든 게 멈추고
아무 소리도 들리지 않았다. 내 몸은 무중력 상태에 둥둥 떠
있는 것 같았다.

　정신을 차려 보니 혜령이가 내 품 안에 있었다. 매끄러운
살이 내 손에 닿은 채. 그녀는 내 손을 풀지 않고 그대로 천천
히 돌아섰다. 혜령이가 나를 뚫어질 듯 보는데 내 눈은 뭐 마
려운 강아지마냥 허둥거리고 있었다. 그녀의 양손이 내 볼을
쓰다듬었다. 입술이 점점 다가왔다. 그 순간 혜령이의 존재가
다 사라지고 오로지 입술만 남은 것 같은 착각이 들었다. 시

간이 멈추길, 아니 흐르고 흘러 바라는 일이 일어나 주길. 그녀의 입술이 내 입술을 덮었다. 첫 키스다. 늘 꿈꿔 왔지만, 이렇게 갑작스럽게 꿈이 이루어질 줄은 상상도 하지 못했다. 향긋한 비누 냄새와 보드라운 그녀의 입술 때문에 정신을 차릴 수가 없었다. 그런데 그다음은 어떻게 해야 할지 막막했다. 혜령이에게서 떨어지자마자 굉장히 어색한 분위기가 되어 버릴 텐데. 멋진 영화의 장면이라도 떠오르길 바랐지만 나의 뇌는 파업이라도 한 듯 잠잠했다. 엉덩이를 슬금슬금 뒤로 뺐다. 그녀 입술에 힘이 들어갔다. 웃음을 참고 있는 것 같았다. 엉성한 내 모습을 놀리는 것 같았다. 그녀가 내 어깨를 안고 뒷걸음질 쳤다. 나는 엉덩이를 빼고 입술을 물린 채 끌려가는 꼴이 되고 말았다. 그래도 어떻게든 바람에 날리는 꽃잎처럼 살포시 소파에 내려앉으려고 했다. 하지만 내 몸이 혜령이 위로 엎어지면서 서로 이마를 찧고 말았다. 풋! 혜령이가 웃음을 터뜨렸다. 너무 창피해서 눈을 뜰 수가 없었다. 어딘가에서 파닥거리는 소리가 들렸다. 나는 얼른 몸을 일으켰다.

"미안!"

내 목소리가 떨렸다. 혜령이가 까르르 웃으며 나를 끌어안았다. 그 순간 본능적인 두려움과 불안감이 머릿속을 휘감았다. 나는 혜령이 손을 떼어 내고 도망치듯 내 방으로 뛰어 들어갔다. 그리고 방문을 닫아 버렸다. 몇 분 전 상황이 아득히 멀게 느껴졌다. 아니, 영화 속 한 장면처럼 실감이 나지 않았다. 긴장했던 몸이 서서히 정상으로 돌아왔다. 이 방을 나가면 어떤 일이 벌어질까. 나를 믿을 수가 없었다. 나는 떨리는 손으로 컴퓨터의 전원을 켰다.

손에 식은땀이 흘렀다. 피오나가 가늘게 한숨을 내쉬며 물었다.

"그래서 어떻게 되었어요?"

"혜령이는 방문을 열어 보더니 자기 혼자 놔두고 게임만 한다고 화를 냈어요. 그러고는 변명할 기회도 주지 않고 나가 버렸어요. 그 후로 오랫동안 만나지 못했고요."

"후회하진 않았나요?"

헤라클레스가 물었다. 의도가 빤히 보였다. 찌질하다고 속으로 비웃는 게 분명했다. 솔직히 후회했다. 그것도 엄청. 첫 경험 별거 아니라며 은근히 으스대고 싶기도 했다. 그 상대가 혜령이라고 하면 친구 놈들이 어떤 반응을 보일까 상상만 해도 짜릿했다. 하지만 그걸 어떻게 말한단 말인가. 나는 헤라클레스 눈을 똑바로 쳐다보며 대답했다.

"아니요, 갑자기 게임이 하고 싶었거든요."

"혜령이와는 또 만났나요?"

내 대답에 헤라클레스의 표정이 묘하게 일그러졌는데, 다행히 아마존이 끼어들었다.

"한동안 못 만났어요. 어디에 숨었는지 아무리 찾아도 보이지 않았어요."

"집에 가 보면 되잖아요."

나무늘보가 삼키듯 말했다.

"집을 정확히는 모르거든요. 집 근처를 다 돌아다녀 보고 여기저기서 기다려도 봤지만 혜령이를 만날 수가 없었어요. 그리고 친구 녀석 말이, 혜령이가 호주에서 돌아온 후 자살 기도를 한 적이 있다고 했어요."

처음에는 친구 녀석의 정보를 믿을 수가 없었다. 어떻게 혜령이 같은 애가 자살 기도를 할 수 있을까. 그러던 어느 날, 친구가 전화해서 지금 당장 문화의 거리 초입으로 나오라고 했다. 혜령이를 봤다고. 게다가 다른 남자와 함께라고. 나는 그럴 리 없다며 아니라는 것을 증명하기 위해 정신없이 달려 나갔다. 그런데……

"혜령이였나요?"

피오나의 질문에 나는 고개를 끄덕였다. 그때의 충격이란. 지구가 혜성과 충돌해서 박살이 난다 해도 그렇게까지 끔찍하진 않았을 거다. 진한 화장을 하고 하이힐을 신고 있어 처음엔 알아보지 못했다. 게다가 벤치에 앉아 열 살은 더 많아

보이는 남자 품에 안겨 잔잔한 바람을 즐기고 있었다.

먼저 나를 알아본 건 혜령이었다. 혜령이는 늙수그레한 남자에게 뭐라고 말한 후 내게 다가왔다. 그사이 남자는 어딘가로 사라졌다. 나는 무슨 말을 해야 할지 몰라 그냥 서 있었다. 혜령이는 아무 일도 없었던 것처럼 반갑게 인사했다.

"오랜만이네, 잘 지냈지?"

"왜 그랬어?"

나는 뚱한 표정으로 물었다. 혜령이는 잠시 생각에 잠긴 얼굴로 나를 빤히 보았다. 그러고는 내 팔짱을 끼고 늙수그레한 남자와 앉았던 벤치로 갔다.

"넌 애꾸눈 사슴 같아. 한쪽 눈으로만 세상을 보는."

"빙빙 돌리지 말고 알아듣게 말해."

"좋아, 그럴게. 넌 섹스를 어떻게 생각해?"

돌직구도 이렇게 센 돌직구는 처음이었다. 나는 얼굴만 붉힌 채 멍하니 혜령이를 바라봤다.

"섹스는 나의 스트레스 해소법이야. 섹스할 때만 빼고 나는 이를 악물고 살거든. 중3 때 유학에 실패하고 호주에서 돌아왔는데, 영어 외에는 도저히 학교 공부를 따라갈 수가 없더라. 그때 삶을 포기하려고 했었어. 꿈을 위해 유일하게 남아 있는 길이 막혔다고 생각했거든. 그런데, 다시 살아나고 보니 아직 시작도 하지 않았더라고. 난 지금 이를 악물고 적진을 향해 가는 중이야. 꼭 입시 전쟁에서 살아남고 싶어."

"입시 스트레스는 누구나 있어. 그렇다고 다 너 같은 방법으로 풀진 않아."

"애꾸눈 사슴은 숲에만 사냥꾼이 있다고 생각해서 육지만 경계하며 풀을 뜯어. 사냥꾼이 숲만 살필 거란 함정을 스스로 만든 거지. 결국 어떻게 될까? 바다를 지나던 사냥꾼의 화살을 맞게 돼. 그게 애꾸눈 사슴의 최후야."

"그게 우리랑 무슨 상관인데?"

"넌 나를 보고 싶은 대로만 보고 있잖아, 애꾸눈 사슴처럼. 네가 나를 이해하든 안 하든 상관없어. 하지만 우리 사이는 예전으로 돌아가지 못할 거야. 언젠가 우리 둘 다 사냥꾼에게 잡히고 말 테니까. 다시 말해서 난 네가 만든 이미지에 맞는 애가 아니고, 넌 네 스스로 만든 이미지와 다른 나를 절대 받아들이지 않을 거야. 그렇지?"

나는 아무 대답도 하지 못했다. 혜령이 말대로 나는 어쩔 수 없는 애꾸눈 사슴이었다. 그래서 머리로는 그녀를 떠나야겠다고 생각했다. 하지만 그녀가 미치도록 보고 싶었다. 혜령이가 없는 세상은 우주의 죽음과 다를 바 없고, 죽은 우주에 나는 존재할 수 없으니까.

결국 혜령이를 다시 찾아갔다. 다 이해할 테니 예전으로 돌아가자고. 내가 잘못했다고. 그러나 혜령이는 냉정했다. 그녀

는 이미 내가 알고 있던 나만의 그녀가 아니었는데도 나는 그
녀를 놓아줄 수가 없었다. 그때 알았다. 사랑은 신경 정신 질
환의 한 종류라는 걸. 이성은 마비되고 감성은 곪아 버려 위
험한 걸 알면서도 자꾸만 늪을 향해 걸어가는 병의 한 종류라
는 걸. 나의 별은 계속 붕괴되고 붕괴되다 결국 1,000분의 1
초보다 짧은 시간에 암흑 속으로 사라져 버렸다.

"제가 뭘 잘못한 걸까요? 혜령이와 하고 싶은 게 정말 많았
고. 노력해 보겠다고까지 말했는데."

"조금 쉬는 게 어떻겠어요?"

상담 선생님이 내 어깨에 손을 올리며 말했다.

찬바람을 맞고 음료수를 마시고 나니 조금 안정이 되었다.
교실로 들어왔을 때 정면으로 보이는 벽에는 세 장의 사진이
붙어 있었다. 나와 혜령이가 점점 나이 들어가는 모습이었다.
컴퓨터 프로그램을 통해 가상으로 만들어 낸 사진이라 현실
감은 없었지만 기분이 묘했다.

"이번엔 미래로 가 보도록 하겠습니다. 미래에 함께하고 싶
은 사람은 누구입니까?"

"혜령이죠."

"혜령이 역할을 할 사람이 있으면 더 좋을 것 같아요."

피오나가 말했다. 상담 선생님은 고개를 끄덕이며 누가 하

겠냐고 물었다. 아이들은 서로 눈치를 보다 모두 피오나를 지목했다. 피오나는 의견을 낸 자신을 책망하듯 겨자 씹은 표정으로 내 옆에 와서 섰다.

"지금부터 시간 여행을 떠나겠습니다. 교실 안이 백색왜성이 가야 할 인생길이라 생각하십시오."

상담 선생님이 원을 그리며 교실을 돌았다.

"몇 년 후로 가 볼까요?"

"음…… 3년?"

혜령이와 나는 나란히 같은 대학, 같은 학과에서 공부한다. 늘 붙어 다니는 우리는 학교에서도 유명한 캠퍼스 커플이다.

"지금 무얼 하고 싶습니까?"

무얼 하고 싶냐고? 은밀한 곳에 둘만 있고 싶다. 혜령이의 가슴을 만지며 키스도 하고 싶다. 남자는 누구나 여자의 신체 중 유난히 호기심이 집중되는 부위가 있다. 나는 가슴이다. 때와 장소, 계절과 상관없이 여자를 볼 때 가슴에 먼저 눈이 간다. 속으로 모양을 상상하며 크기를 짐작해 본다. 내 손안에 꽉 차는 이상적인 가슴을 찾아서. 혜령이의 것은 내 손에 딱 맞는 가슴이다. 감으로 가늠할 수밖에 없긴 하지만. 모든 생각을 솔직하게 말할 만큼 멍청하진 않다. 나는 튀어나오는 생각을 꿀꺽 삼키고 가식을 떨며 말했다

"강의가 끝나면 별을 보러 가고 싶어요."

별이라니, 좀 지나쳤나.

나는 혜령이와 천체 망원경을 통해 하늘을 본다. 별 무리를 보며 혜령이가 탄성을 터뜨리자 광활한 우주에 대해 설명한다. 나의 해박한 지식에 혜령이는 감탄한 듯 고개를 연신 끄덕거린다. 그러다 혜령이가 내 어깨에 머리를 기대 온다. 마치 사랑스런 새 한 마리가 어깨에 앉은 느낌. 따뜻하고 포근하다. 코끝을 간질이는 향긋한 샴푸 냄새에 취한 채 알퐁스 도데의 『별』에 등장하는 목동에게 완전히 빙의된다. 넓은 세상에 수많은 별들과 나와 혜령이만 존재하지만 더할 나위 없이 완벽하다.

이제 10년 후의 시간으로 떠난다. 나와 혜령이는 신혼여행에서 막 돌아온 신혼부부다. 혜령이를 안고 신혼집으로 들어선다. 아기자기하게 꾸며진 집을 둘러보는 혜령이 표정에서 행복이 넘쳐 난다. 혜령이와 함께 마트로 향한다. 저녁 식탁은 어떻게 차릴지 도란도란 이야기를 나누며 장을 본다. 붉은 와인도 한 병 넣고, 와인과 잘 어울리는 치즈도 골라 본다. 나는 진지한 표정으로 내가 좋아하는 당근을 요리조리 살피는 나의 아내를 감상한다. 어설픈 손놀림이 귀엽고 사랑스럽다.

아기가 태어났다. 혜령이를 꼭 닮은 여자 아기다. 일이 끝나자마자 나는 집으로 달려가 꼬물거리는 손과 발에 입을 맞춘다. 아기가 울음을 터뜨린다. 내 까칠한 수염이 싫은가 보다. 아기 울음소리는 클라리넷 소리보다 더 예쁘고 앙증맞다. 혜령이가 얼른 아기를 품에 안는다. 아기에게 젖을 물리는 혜령이는 더 아름답다.

"그때쯤 무슨 일을 하고 있을까요? 직업과 가족과의 관계를 상상해도 좋습니다."

상담 선생님이 말했다.

30대의 나는 분명 무슨 일인가 하고 있을 것이다. 그게 뭘까. 대입이 코앞인데 구체적인 진로도 정하지 못한 내가 갑자기 한심하게 느껴졌다. 별과 관련된 일은 너무 막연했고, 어떤 길이 있는지 알지 못했다. 나는 '동물 통역사'라는 직업을 떠올렸다. 어릴 때부터 친구보다 동물과 노는 걸 더 좋아했으니 동물 통역사라면 즐겁게 일할 수 있지 않을까.

나는 오늘 하루 동물원에서 있었던 일을 아기에게 들려준다. 내 이야기 소리를 들으며 아기가 잠이 든다. 혜령이는 방 한쪽에 깔아 놓은 매트 위에서 음악을 틀어 놓고 요가를 하고 있다. 예전 몸매를 만든다며 땀을 흘리는 모습이 보기 좋다.

"당신, 저 오리온인가 하는 새 좀 날려 버려."

피오나, 아니 혜령이 소리쳤다.

"사랑하는 새일수록 날려 보내야 한다, 그거 몰라?"

"저건 애완 새야."

"애완 새가 어디 있어? 동물은 처음엔 다 야생이었다고. 자기가 동물을 좋아한다고 동물도 자기와 함께하는 걸 좋아한다고 생각하지는 마."

갑자기 가슴이 콱 막힌다. 보이지 않는 암흑 물질이 나와 혜령이 사이에 끼어들어 우리 둘을 멀어지게 만든다. 우주가 팽창하면서 별들의 거리가 벌어지는 것처럼.

시간은 빠르게 흘렀다. 중년의 나이를 지나 어느새 황혼의 시기이다. 나의 여자로 살아온 아름다운 혜령이가 옆에 있다. 그리고 우리 주위엔 가족과 다름없는 동물들이 각자의 길로 떠난 자식들 자리를 대신하고 있다. 나와 혜령이는 여행을 떠나려 한다. 목적지는 아프리카. 더 많은 동물을 만나 교감을 나누고 싶어 내가 제안한다.

"난 아프리카 싫어. 내 피부가 검게 그을린단 말이야!"

혜령이의 외침을 마지막으로 타임머신 여행은 끝이 났다.

전혀 생각해 보지 않았던 미래가 안개에 가려진 채 어렴풋 눈앞에 펼쳐졌다. 그 미래 속에서 나도 누구나처럼 늙었고, 죽음을 앞에 두고 있었다. 그리고 혜령이에게도 세월은 비켜가지 않았다. 고운 피부에 주름이 생기고 검은 머리가 백발이 된 혜령이를 그때도 아름답다고 느낄 수 있을까. 아마 그럴 것이다. 하지만 그때 느끼는 아름다움은 지금과 다르지 않을까. 외모가 아니라 나와 함께한 사람이기에, 나와 같은 길을 걸어와 주었기에 귀하고 아름답게 보이지 않을까. 그래서 젊었을 때보다 더 사랑스러워 보이지 않을까.

나만이 내 인생을 바꿀 수 있고, 현재와 미래는 내 손안에 있다고 했던가. 먼 훗날 눈을 감으며 '참 열심히 살았고, 많이 사랑했고, 행복했고, 그래서 후회 없다'고 말하고 싶다. 인생을 반추하는 길목의 끝에 과연 혜령이가 있을까. 갑자기 맥이 탁 풀린다.

조용했다. 모두들 각자의 상념에 빠져 있는 듯했다. 상담 선생님도 분위기를 방해하지 않으려는지 의자에 앉은 채 묵묵히 있었다. 잠시 후 헤라클레스가 큰 기침을 했다. 그게 신호가 되어 모두의 눈이 현실로 돌아왔다.

"지금까지 시간 여행을 하면서 느낀 기분을 자유롭게 이야기해 보겠습니다."

피오나가 손을 들었다.

"늘 꿈꿔 왔던 사랑의 감정, 연애의 설렘 같은 걸 느꼈어요. 사랑받고 있다는 느낌이 들 때 혜령이는 참 행복했을 것 같아요. 하지만, 백색왜성이 자기 입장에서만 관계를 끌어가는 거 같아 짜증 나기도 했어요."

"혜령이를 조금은 이해할 수 있을 것 같습니다. 죽음까지 생각할 정도로 입시에 극심한 스트레스를 받았다면 실패에 대한 두려움을 극복하기 힘들었겠죠. 호주에서 어떤 충격이 있었을 수도 있고요. 음…… 그래서 사람과의 정신적 교류보다 신체적 교감을 통해서 자신이 살아 있다는 걸 느끼는 게 아닐까 하는 생각이 들었어요."

헤라클레스가 무뚝뚝하게 말했다. 상담 선생님이 무슨 뜻인지 자세히 말해 달라고 했다. 하지만 헤라클레스의 눈은 허공을 향한 채 꼼짝하지 않았다. 나무늘보가 쭈뼛거리며 손을 올렸다.

"사랑은 우주만큼 신비하고 아름다운 거 같아요. 헤어지지만 않는다면요. 그런데 전 이제 사랑 못 하겠어요. 또다시 실연의 아픔을 감당할 자신이 없어요."

오동통한 몸에 나무늘보처럼 답답해 보이는 행동, 어딘가 주눅 들어 있는 말투. 예전 같으면 여자 취급도 하지 않았을 텐데, 나무늘보가 수줍게 말하는 모습이 귀여워 하마터면 '풋' 하고 웃을 뻔했다. 아마존은 아무 말도 없었다.

"이제 선택의 시간입니다. 백색왜성에게 가장 소중한 것은 무엇입니까? 혜령이를 제외하고요."

나는 생각에 잠겼다. 내게 가장 소중한 거라. 지금까지 별로 생각해 보지 않은 질문이라 딱히 떠오르는 게 없었다. 가족? 친구? 미래? 꿈? 이 모든 걸 포함하는 게 뭘까? 그건…….

"나 자신이요. 어느 시점이 되면 사랑하는 사람이나 가족, 친구와 헤어지게 되겠죠. 결국 죽을 때까지 남는 건 나 자신인 것 같아요."

내 대답에 상담 선생님이 다시 질문을 했다.

"신이 말합니다. 혜령이와 사랑을 이루고 한평생 사는 조건으로 백색왜성에게 가장 소중한 것, 즉 자신을 내놓아야 한다고. 혜령이와 자신 둘 중에 하나를 선택해야 하는 겁니다."

무슨 이런 말장난 같은 제안이 다 있담. 혜령이 대신 나를 포기하는 건 가족도, 친구도, 미래도, 꿈도 없이 그저 짐승처럼 먹고 자고 싸는 일만 하면서 산다는 거 아닌가.

상담 선생님과 세 아이들 눈이 내게 모아졌다. 그들은 궁금함이 가득한 눈빛으로 나보다 더 초조하게 나의 대답을 기다리고 있었다. 나는 선뜻 대답할 수 없었다. 나를 선택하느냐, 혜령이를 선택하느냐. 그건 분명 쉽지 않은 일이다. 혜령이 없이 살 자신도, 나를 잃고 살 자신도 없으니까.

"우리가 원하는 걸 다 가질 수 있다면 얼마나 좋겠습니까. 하지만 세상은 다 주지 않습니다. 어…… 때론 간절히 원하는 하나를 얻기 위해 전부를 희생해야 하는 경우도 있지요. 하지만 우리에겐 선택할 수 있는 자유 의지가 있습니다."

지금까지 상담 선생님이 한 말 중 가장 힘이 들어간 말이었다. 표정이나 말투에 감정이 슬쩍 묻어 있었는데, 자신에게 이야기하는 것 같기도 했다. 상담 선생님은 아련한 추억을 떠올리는 눈빛으로 창밖을 보았다. 옛사랑의 추억이라도 떠올리는지, 아님 상담 선생님도 사랑에 빠져 있는 것인지, 혹은 실연의 아픔을 겪고 있는지 모를 일이었다. 그렇다면 상담 선생님은 어떤 선택을 할까? 여기 있는 아이들은? 어쩌면 이들은 나를 통해 자신들의 답을 구하고 있을지도 모른다는 생각이 들었다. 하지만 인생에 정답은 없다. 그리고 답이 있다 해도 하나가 아니다. 그래서 삶이 만만치 않은 건가 보다.

"결정……했어요."

모두의 눈이 내게 쏠렸다.

"사랑을 선택하겠어요."

내 말이 떨어지자마자 아이들의 탄성과 한숨이 동시에 터졌다. 자신들의 기대와 다른 선택을 해서일까, 아니면 예상했던 대답이 나와서일까. 나는 그 탄성과 한숨의 정체를 알 수 있을 것 같았다. 그들이 원했던 답도 그리고 내가 원하는 선택도.

"너 진짜 사랑을 선택한 거야?"

청소년 회관 문을 나서며 피오나가 물었다. 나는 대답 대신 피식 웃어 보였다. 나무늘보는 알 수 없는 표정으로 나를 보다 피오나 뒤를 따라갔다.

"사람들은 닫힌 문이 아쉬워 다른 문 따윈 보려고도 하지 않지. 선택의 시작은 새로운 문을 향해 손을 내미는 순간부터가 아닐까."

헤라클레스가 내뱉듯 말하고는 쌩하니 나갔다.

청소년 회관 복도에 혼자 서 있었다. 헤라클레스가 던진 말이 뒤늦게 내 발을 붙잡았다. 나는 혜령이에 대해 다 말하지 못했다.

혜령이가 평소와 다른 눈빛으로 상처를 드러내려 할 때, 나는 급히 화제를 돌렸다. 혹시라도 내가 아는 그녀가 아닐까 봐, 얼룩진 실체를 알게 될까 봐 두려웠다. 그리고 그것을 알았을 때 완벽한 사랑을 깨뜨린 대상에 대한 원망을 실연의 아픔이라 착각했다. 그녀는 그걸 알아채고 날아가 버렸고, 나는 끝까지 내 상처만 쓰리다 엄살떨고 혜령이를 놓아주지 않았다.

나는 불순물을 제거한 눈으로 나를 본다. 내 안에 너무 많은 내가 있다. 과연 나의 진심은 무엇이었으며, 혜령이를 순수하게 사랑했다고 자신하는 나는 누구인가. 모든 동물은 태초에 야생이었고 인간의 욕심으로 길들여 붙잡아 두고 있다는 말이 맞을지도 모른다. 그리고 나는 이미 닫힌 문만 보는 애꾸눈 사슴이란 것도. 혜령이는 이제 내게 닫혀 버린 문이고 백색왜성이다.

뜨겁게 타올랐던 백색왜성의 열은 식어 우주 공간의 어둠 속으로 사라져 버렸다. 하지만 사라진 별의 빈자리는 새로 태어난 별이 채울 것이다. 그렇게 우주는 시작도 끝도 없는 메타 공간인 것이다.

집에 돌아가면 오리온을 날려 보내야겠다. ♣

4. 헤라클레스 이야기

- 깔

처음부터 해주 누나를 볼 생각은 아니었다.

버스에서 내리니 굵어진 눈발이 바람결을 따라가다 힘없이 바닥에 내려앉았다. 나는 해주 누나가 누워 있을 병실의 창을 눈으로 훑었다. 혹시라도 눈 오는 창밖을 내다보고 있길 기대하면서. 그러나 우연이란 로또 1등에 당첨되는 것보다 더 가능성이 희박할지도 모른다. 두 사람의 시간과 공간과 희망까지 정확히 맞아 떨어지는 지점에서 발생하는 것이 우연이니.

들고 있던 서류 봉투에 물기가 스며들었다. 사람들의 눈을 피해 건물 안으로 들어갔다. 서류 봉투 안을 살펴보니 두세 장을 제외하고는 다행히 멀쩡했다. 서류 봉투를 품에 안고 병원 주위를 어슬렁거렸다. 환자복을 입은 해주 누나 또래의 여자와 마주치기만 해도 심장이 착각을 일으켰다. 쿵 떨어진 심장이 제자리를 찾기까지 통증에 시달려야 했다. 시간을 보니 4시 20분 전이었다. 나는 서둘러 청소년 회관으로 향하는 버스에 올랐다.

"오늘은 100퍼센트 출석일 것 같습니다, 아마존만 오면."

아마존 자리를 낯선 남자아이가 채우고 있었다. 닉네임이 잃어버린 섬이라고 했다. 처진 눈꼬리와 큰 쌍꺼풀 때문에 전체적인 인상은 순해 보였다. 하지만 다리를 꼰 채 삐딱하게 앉아 있는 자세와 눈을 내리깔고 휴대 전화를 들여다보는 표정은 '나 만만한 애 아니거든' 하고 말하는 듯했다.

상담 선생님은 시간이 되어도 시작하지 않았다. 아마존을 기다리는 모양이었다. 몇 번 어딘가로 (아마 아마존일 거다.) 전화를 걸다 휴대 전화를 내려놓았다. 긴장감과 묘하게 밀려오는 슬픔 때문에 감정을 추스르기가 힘들었다. 피오나와 나무늘보는 그새 친해졌는지 둘이 붙어 앉아 소곤대며 킥킥거리고 있었고, 백색왜성은 휴대 전화만 만지작거리고 있었다. 긴장하고 있는 건 나와 잃어버린 섬 둘 뿐이었다. 내 손바닥은 점점 축축해지고 있었다. 연신 손바닥을 허벅지에 문질렀지만 긴장된 마음은 자꾸만 손바닥 땀샘을 자극했다.

"15분이나 지났는데, 무슨 일이지?"

허벅지가 땀과 손때로 얼룩질 때쯤 상담 선생님이 출입문을 바라보며 중얼거렸다. 그러다 잃어버린 섬을 보며 물었다.

"연락이 안 되던데, 사정이 있었던 모양입니다."

"귀국이 예정보다 늦어졌어요. 중국에 있었거든요."

잃어버린 섬이 앉은 자세를 고치며 대답했다. 모두의 눈이 잃어버린 섬에게로 모였다.

"아, 중국. 그럼 앞으로는 계속 참석할 수 있게 된 겁니까?"

"네."

"한 주에 한 명씩 자신의 이야기를 들려주며 고민을 공유하고 있습니다. 오늘은 헤라클레스가 미리 예약을 했고요. 음…… 앞으로 남은 사람은 아마존과 잃어버린 섬 둘이네요."

"저는 마지막 시간에 하고 싶은데요. 아직 적응도 안 됐고."

"아마존과 의논해 보지요. 시간이 많이 흘렀으니 시작해야겠네요. 헤라클레스, 준비해 온 것이 있다고 했죠?"

상담 선생님이 시간을 확인하며 물었다. 심장이 밖으로 튕겨 나갈 것 같았다.

사람들은 짙은 눈썹과 곧게 뻗은 콧날, 훤칠한 키에 붙은 단단한 근육을 보고 내 성격을 멋대로 예상해 버리곤 한다. 겉으로 남자답고 강해 보인다고 속까지 그런 건 아닌데, 예상을 빗나가면 실망스런 표정을 지어 보였다. 소심함 때문에 찌질하게 군다거나, 낭만적인 분위기에 취해 해롱거리거나, 결

벽증이 의심될 만큼 깔끔 떠는 성격을 나 스스로 거부하고 싶을 때가 있지만, 그게 그렇게 맘대로 되는 게 아니다.

나는 벌렁거리는 심장을 서류 봉투로 꾹 누르며 앞으로 나갔다. 담배 한 대가 간절한 순간이다. 중학생 때 피우던 담배를 다시 피우고, 반항과 가출을 밥 먹듯 하고, 성적이 곤두박질쳤다. 나 혼자 힘으로 삶을 통제하기 힘든 상태까지 왔는데, 마음 놓고 하소연할 상대가 아무도 없었다. 친구들도 돌변한 나의 성격에 하나둘 돌아서고, 가족과는 회복될 수 없는 지경에까지 이르렀다. 이 모든 게 해주 누나를 잃고 나서부터였다. 더 이상 한쪽 발은 해주 누나에게 두고, 한쪽 발은 허공에 둔 채 절름거리고 싶지 않았다. 실연 프로젝트를 통해 바로 설 수 있을 거라는 기대까지는 하지 않는다. 단지 한 번쯤은 내 말을 끝까지 들어 줄 누군가가 필요할 뿐.

"전 말주변이 없습니다. 혹시 두서없는 제 이야기가 민폐가 될까 봐 글로 대신하려고 합니다. 말보다는 글 쓰는 걸 좋아해서요. 글은 말보다 실수도 적고 쓰는 것만으로도 위로될 때가 많으니까요. 그동안 힘들 때마다 제 이야기를 소설 형식으로 써 왔는데, 이건 그중 한 편입니다."

나는 프린트된 소설을 한 부씩 나눠 주었다. 모두들 침묵 속에서 글을 읽기 시작했다. 기분이 묘했다. 처음이다. 내 글을 다른 사람이 읽는 것은.

비를 뿌리고 남은 구름 떼가 산자락에 흩어져 있었다. 가벼 워진 구름은 바람의 흐름을 따라 천천히 이동했고 뒤늦은 햇 살이 우람하게 뻗은 나무 사이로 내려앉았다. 나뭇가지는 탐 스러운 초록 잎을 한데 몰아 물기를 털어 내곤 고요히 제자리 로 돌아갔다. 낮은 풀들이 어우러져 돋아난 둔치 밑에는 잔뜩 불어난 계곡물이 흐르고 있었다. 물줄기와 작은 생명체들이 쏟아 내는 소리가 얽혀 독특한 리듬을 만들었다.

숲에 남아 있는 거라곤 그것뿐이었다. 막걸리와 김치전을 팔던 상점도, 매표소도, 화장실 건물도, 왁자하던 사람들의 모습도 사라지고 없었다. 단지 오래전 인간과 자연이 어우러 졌던 흔적만 조각난 채 뒹굴고 있었다.

2030년대, 사람들은 건강이나 휴식이란 이유로 더 이상 자 연을 찾지 않았다. 편리하고 화려한 인공 숲을 통해 같은 효 과를 얻을 수 있는 리조트를 얼마든지 찾을 수 있게 되었기 때문이다. 그나마 자연을 사랑하는 극소수의 마니아들은 주 로 바다나 강에서 해양 레포츠를 즐겼다.

뭉개진 간판에서 '자연'과 '폭포'라는 글자를 유추해 내지 못 했다면 한울은 차를 돌렸을지도 모른다.

"자연이…… 싱싱…하게 살아가는, 아니 살아 있는 구곡 폭 포."

규가 가래 끓는 목소리로 띄엄띄엄 남아 있는 자음과 모음을 연결했다.

"구곡 폭포가 생선이야? 싱싱하게."

한울의 퉁바리에 규가 쿡쿡 웃었다. 깡마른 볼에 깔린 검버섯이 부풀어 오르다 깊은 주름과 함께 일그러졌다. 한울은 복잡한 표정으로 비스듬히 뻗은 나무에 걸린 둥지를 응시하다 시뮬레이션 단추를 눌렀다. 화면상으로는 전방 900미터까지 차로 진입할 수 있을 만큼 충분히 넓은 길이었다. 작은 장애물이 꽤 많긴 했지만, 별 문제 없을 터였다. 언어 인식 장치가 작동되면서 서서히 차가 움직였다. 차창을 열자 흙과 나무 냄새가 콧속으로 훅 파고들었다. 규가 길게 숨을 들이마시고는 옅은 신음 소리와 함께 다시 뱉어 냈다. 성긴 흰 머리카락이 금방이라도 두피를 벗어날 것처럼 흔들렸다.

사람이 돌보지 않았는데도 숲은 늙지도 훼손되어 있지도 않았다. 무질서하게 뻗은 잔가지들과 그 속에서 썩어 가는 잎사귀들을 품고도 충분히 활기차 보였다. 획일적으로 자르고 다듬어 낸 식물에 익숙해진 두 사람은 뒤로 물러나는 풍경에 시선을 빼앗겼다. 규는 축 늘어진 보리수나무 열매를 고개가 꺾이도록 쳐다보았다.

"생애 마지막 여행지로 제격이군. 제기랄!"

규가 말했다. 한울은 말없이 고개만 끄덕였다. 규가 손가락을 뻗어 뭔가를 가리켰다. 꾀! 한울이 차를 멈추고 규가 가리키는 쪽을 보았다. 갓길 한복판에 말짱하게 서 있는 팻말이 눈에 들어왔다. '꾀' 글자 밑으로 '지혜는 쌓음. Wisdom.'이란 문구가 달려 있었다. 쌍기역 자음을 이용해 사람이 갖춰야 할 아홉 가지 덕목을 말하고 있는 구곡 폭포의 구곡혼. '꾀'는 그 중 하나였다. 한울은 자동 운전 시스템으로 바꾸고 운전석에서 물러났다. 스마트카의 등장으로 15세 이상이면 운전면허 없이 누구나 운전을 할 수 있게 되었다. 성인 인증을 받고 면허를 취득하기 전까지는 자동 운전 시스템을 이용해야 하지만, 성인 인증을 받으려면 아직 1년이 남아 있는데도 한울은 직접 운전할 때가 많았다.

"7년 전 일인데, 벌써 70년도 더 된 것 같다."

규의 말에 한울은 여전히 고개만 끄덕였다. 묵은 기억과 감정이 조각난 채 꼬리를 물고 나타났다.

초등학교 5학년 소풍날이었다. 삼삼오오 오솔길을 오르며 구곡혼의 단어를 맞히느라 소란스러운 틈에서 한울은 혼자 뒤쳐져 걸었다. 깡, 꿈, 끈, 꾼 등을 외치는 무리들이 철없어 보였고, 한편으로는 부럽기도 했다. 밤새 한숨도 못 잘 정도로 충격적인 장면 하나 때문이었다. 그 장면은 걷어 내려 애쓸수록 더 끈질기게 달라붙었고, 여전히 선명하게 남아 있었다. 누구나 인생의 터닝 포인트가 있다면, 한울에게는 소풍 전날의 사건이 그것이었다.

그림 같은 전원주택, 초록 잔디, 그 위로 쏟아지는 붉은 노을. 자연이 쏟아 내는 아름다운 풍경 속에서 반나체의 남녀가 뒹굴고 있었다. 소풍 전날, 수업이 일찍 끝나 산책 삼아 무심코 지나던 길이었다. 한울은 주위를 살피고는 담장에 매달렸다. 사춘기에 막 진입한 한울의 호기심을 채워 줄 절호의 기회였다. 술을 마셨는지 노을빛 때문인지 남자의 얼굴은 붉다 못해 활활 타버릴 것 같았다. 게다가 주황색으로 염색한 덥수룩한 머리카락 때문에 단풍 뭉치가 움직이는 것 같았다. 한울은 웃음이 새어 나오려는 것을 참으며 얼른 손으로 입을 막았다. 그 순간 여자가 길고 탐스러운 머리카락을 쓸어 올렸다. 여자를 본 한울의 얼굴에서 웃음기가 싹 사라졌다. 초점 잃은 눈이 흔들렸다. 한울은 맥없이 담벼락에 기댄 채 주저앉아 버렸다. 온몸에 소름이 돋았다. 집에서 겨우 15분 정도의 거리였다. 무엇보다 그것 때문에 더 화가 났다. 이제 엄마의 사생활을 알기 전의 평화는 다시 찾아오지 않을 것이다. 한울은 주먹만 한 돌멩이를 골라 집어 들었다. 남자는 한 손으로 벽을 짚고 엄마 몸 위에서 꿈틀대고 있었다. 저절로 어금니에 힘이 들어갔다. 한울은 남자의 머리를 겨냥해 돌을 던졌다. 돌은 요란한 소리를 내며 창문을 박살 냈다. 비명과 욕설이 동시에 터져 나왔다. 한울은 도망치면서 생각했다. 꿈일 거라고. 아무리 도망쳐도 위험으로부터 벗어나지 못하는 악몽일 거라고. 엄마에 대한 자부심과 애착이 유난히 강했던 한울은 충격에서 쉽게 벗어나지 못했다.

구곡 폭포로 향하는 길은 그때의 감정을 고스란히 간직하고 있었다. 명치쯤에 걸려 있던 묵직한 체증 같은 것이 목구멍으로 치밀어 올랐다. 한울은 씁쓸하게 웃었다.

완만하게 펼쳐진 오솔길이 끝나고 돌계단이 나왔다. 규가 안전벨트를 풀었다.

"괜찮겠어?"

걱정하지 말라며 규가 어깨를 으쓱해 보였다.

"이쯤이었던 것 같은데, 그 팻말 말이야."

차에서 내린 규가 주위를 둘러보며 말했다. 아홉 개의 팻말 중 눈에 띈 건 단 하나뿐이었다. 대부분 비바람에 쓸려 어딘가 처박혀 있거나 흔적조차 남아 있지 않았다. 규는 승용차로 올라온 길을 거꾸로 내려갔다. 걸을 때마다 규의 몸을 감싸고 있는 옷이 흐느적거리며 앙상한 실루엣을 드러냈다. 불과 3개월 전만 해도 단단하고 매끄러운 근육으로 다져졌던 몸이었다. 열아홉 살에 노인이 된 규. 규는 어떤 심정으로 살아가고 있을까.

"무슨 팻말?"

"맵시와 솜씨는 곱고 산뜻함. Freshness."

규가 한 자 한 자 꼭꼭 씹어 삼키듯 말했다.

"설마 그 팻말 안부가 궁금해서 온 건 아니겠지."

규는 말이 없었다. 한울은 굳은 표정으로 주위를 두리번거리는 규를 향해 그깟 팻말 하나 때문에 바쁜 사람을 이곳까지 달려오게 만드느냐고 쏘아 대려다 그냥 삼켜 버렸다. 한울이 5분마다 한 번씩 시간을 확인할 만큼 한가하다는 걸 누구보다 잘 아는 규였다. 삶을 정리하는 마지막 여행이라며 동행을 의뢰했을 때, 한울은 우정에 초점이 맞춰진 줄 알았다. 네가 있어 살 만한 세상이었다거나, 삶의 막다른 길목에서 생각나는 건 너밖에 없었다 같은 촉촉한 말을 예상했었다.

한울은 바람결에 떨어진 수건을 주워 규의 목에 둘러 주었다. 땀 냄새가 훅 끼쳤다. 몸이 변한 후 규가 가장 견디기 힘든 건 한기였다. 저체온증에 시달리면서도 땀을 많이 흘렸다. 목에 수건을 두르면 체온 조절에 도움이 되기 때문에 규는 항상 목에 수건을 두르고 있었다. 가끔 저절로 흐르는 눈물과 콧물도 닦아 낼 수 있어 수건은 규에게 유용한 물건이었다.

갑자기 규가 길섶으로 급히 걸어가더니 경사진 풀 더미를 손으로 헤치기 시작했다. 자칫 중심을 잃기라도 하면 앞으로 고꾸라져 그대로 계곡물 속에 처박힐 위태로운 포즈였다. 미쳤어! 한울은 규의 허리를 낚아채듯 한 팔로 잡으며 소리쳤다. 규가 한울의 팔을 가만히 떼어 냈다. 그러고는 시선을 바닥의 어딘가로 고정한 채 천천히 쭈그리고 앉았다. 풀과 돌의 잔 부스러기를 쓸자 팻말이 뒤집힌 채 모습을 드러냈다. 규가 팻말을 들어 올렸다. 패이고 긁히긴 했지만 '깔'이란 글자 밑에 '맵시와 솜씨는 곱고 산뜻함. Freshness.'라는 글자가 선명하게 남아 있었다.

규가 팻말을 바닥에 내동댕이치더니 발로 밟기 시작했다. 한울은 규가 하는 행동을 보고만 있었다. 어쩌면 진작 팻말을 박살 내 버리고 싶었을지도 모른다는 생각이 들었다.

고1 때까지 규의 몸은 모든 악조건을 갖춘 결정체였다. 작은 키에 퉁퉁하고 붉은 기운이 도는 피부는 기름진 채 여드름 자국으로 덮여 있었다. 머리카락은 뻣뻣하게 하늘로 뻗쳐 있어 피둥피둥한 얼굴을 고스란히 드러내 놓고 다녀야 했다. 그런 규는, 전국에서 다섯 손가락 안에 들 정도의 우수한 성적 때문에 학교의 명예를 빛내 줄 효자 학생이었지만, 여학생들 사이에서는 핵폭탄으로 통했다. 어쩜 저렇게 배려 없이 생겼냐, 보는 사람 눈도 좀 생각해야지. 한울이야말로 배려 짱 아니냐, 난 걔만 보면 우울하다가도 기분이 좋아지더라. 한울은 여자애들의 수다에 은근히 귀를 기울였다. 땀에 푹 젖은 채 농구하는 자신을 여선생님들까지 넋 놓고 보고 있는 걸 느낄 때도 있었다.

기력이 다했는지 규는 그대로 바닥에 널브러졌다. 눈에서는 눈물이 땀과 섞여 흘러내렸다. 한울도 그 옆에 누웠다. 빽빽하게 뻗은 나뭇잎 사이로 엷은 구름이 조각조각 흩어지는 것이 보였다. 초록 잎과 흰 구름과 푸른 하늘이 모자이크처럼 펼쳐진 풍경을 하염없이 바라보았다. 한울도 규도 침묵하며 각자 자기만의 상념에 빠져들었다.

멀리서 자동차 엔진 소리가 나더니 점점 가까워졌다. 한울이 일어나 내리막 쪽을 보았다. 규도 몸을 일으켜 고개를 내밀었다. 오렌지색 스마트카 한 대가 미끄러지듯 오솔길을 올라왔다. 차 문이 열리며 젊은 남자가 내렸다. 남자는 유행하는 슈트에 반바지 차림이었다. 마치 잡지 속에서 막 튀어나온 모델 같았다. 여길 어떻게 올라가. 남자 목소리에는 짜증이 잔뜩 배어 있었다. 남자가 난감한 표정으로 주변을 둘러보았다. 그러다 한울의 차를 발견하고 가까이 다가갔다. 남자는 차를 살피며 누군가와 통화를 했다.

"팀장님! 자동차 한 대가 세워져 있는 걸 보니 여기 있는 게 확실한 거 같습니다. 알겠습니다, 지금 곧 내려가겠습니다."

남자는 원격 조정 장치로 차를 돌리고는 급히 오솔길을 내려갔다.

"혹시 너 잘못한 거 있냐?"

규가 물었다.

"너야말로 어차피 죽을 몸 은행이나 확 털어 신나게 쓰다

118

가자, 뭐 그런 거 아니지?"

한울의 농담에 규가 힘없이 웃었다.

지금의 구곡 폭포는 사람들로부터 잊힌 곳이었다. 케이블 카도 없는 산에 고작 폭포를 보자고 힘겹게 올라올 사람은 없었다. 더구나 숲은 최첨단 추적 장치로부터 몸을 숨겨 줄 수 없기 때문에 은신처로도 적합하지 않았다. 그런데 자신들을 쫓는 사람들이 있다니, 뭔가 이상했다.

"그때 왜 거짓말했어?"

한울이 다시 누우며 물었다. 뜬금없는 질문에 규가 눈만 껌뻑이며 한울을 보았다.

"소풍 이후 경찰이 찾아왔을 때 말이야, 유리창 깬 범인 찾는다고. 같이 멀티 콥터 게임* 했다고 했잖아."

"아, 그때……. 너랑 친해지고 싶었거든. 덕분에 넌 내 마지막 여행에 동행하는 특권을 누리잖냐."

규의 웃음소리가 여름 오후 축 처진 짐승의 꼬리처럼 늘어졌다. 한울은 눈을 감았다. 산이 풍기는 향기 때문인지 경직된 세포들이 나른하게 풀어지는 것 같았다.

"중학교 때 스포츠 동아리 신청했더니 선생님이 뭐라고 한 줄 알아? 그냥 점수 줄 테니까 자리에만 앉아 있으래. 체육관

*무선 조종 비행 장치가 달린 비행기를 이용한 놀이.

무너진다고. 제길!"

규는 한숨과 함께 욕설을 내뱉었다.

"대입에서 비만 학생한테 불이익을 준다고 발표하자 선생님들 태도가 싹 달라졌어. 담임이 그러더라, 성적 관리보다 배 관리 먼저 하라고. 그 말 들으니 저놈의 팻말이 자꾸 눈앞에 아른거리더라고. 정말이구나, '깔'은 인간이 기본적으로 갖춰야 할 덕목이 맞구나."

한울은 아무 말도 하지 못했다.

"너도 알지, 내가 얼마나 노력했는지. 식이 요법, 다이어트, 지방 흡입. 경락에 제주도 화산재로 만들었다는 기구로 멍이 들 때까지 문질러 대고. 그런데도 웬수 같은 지방 덩어리들은 떨어져 나가는 듯하다 다시 기생충처럼 착 달라붙더라고. 내 몸이 혐오스럽고 초조하고 불안하던 차에 유전자 전문 병원을 알게 됐어. 임상 실험 결과 100퍼센트 안전성이 확인됐다고 했지만 공식 인증 절차가 남아 있었지. 엄마는 선택의 여지가 없다고 했어. 입시가 코앞이었으니까."

"알아, 나였어도 그랬을 거야."

"이해하는 척 마라. 너처럼 태어날 때부터 우월한 유전자로 무장한 애는 절대 모른다."

규가 사진 한 장을 건넸다. 발병하기 직전, 세 번째 시술을 마친 후에 찍은 사진이었다.

"가장 근사한 모습으로 기억되고 싶다. 영정 사진으로 써 주라."

한울은 말없이 사진을 받아 들었다.

외따로 떨어져 있던 삿갓 모양 구름이 천천히 산봉우리 쪽으로 흐르다 꼭대기에 걸렸다. 은사시나무에 앉아 있던 새들이 요란하게 날갯짓하며 날아올랐다. 그 소리에 먼산바라기를 하고 있던 규가 눈을 돌리며 입을 열었다.

"몸이 이렇게 되고 보니 그제야 세상이 보이더라. 권력과 정보의 생리를 이용할 줄 아는 의사들은 새로운 의학 기술을 발 빠르게 도입해 암암리에 시술을 시작했고 정부에서는 이를 알면서도 묵인해 주었어. 병원은 큰돈을 벌었고, 정부 지원 과학 센터에서는 실험 횟수로 안정성을 확보할 수 있었지."

"뭔 말이 그렇게 어려워. 이제 그놈의 안정성은 확실하게 확보된 거야?"

"기사 못 봤어? 유전자 맞춤 의학, 실패율 제로! 몇 날 며칠을 매스컴마다 경쟁하듯 떠들어 대던데. 자신의 줄기세포를 추출하여 자가 조직 변형 후 재생 시술에 이용하는 거니까 이제 누구나 안전하게 원하는 얼굴과 몸매를 가질 수 있게 된 거지."

"그러니까 쉽게 말해서 힘들게 몸을 움직여 살을 빼거나 고통을 참아 가며 성형 수술할 필요가 없어진 거네."

"제대로 알아들었군. 좀 전에 그 남자도 생명 공학이 낳은 작품 같더라고."

"아! 빌어먹을 생명 공학 어쩌고 하는 것 때문에 아빠가 운영하는 스포츠 센터도 곧 문을 닫을 판이야."

한울이 투덜댔다. 규가 씁쓸하게 웃으며 하늘을 올려다보았다.

규는 자신의 몸이 이상하게 느껴졌던 아침을 떠올렸다. 밤새 악몽에 시달렸던 날이었다. 이불 속에서 빠져나오는데 눈이 침침하고 소리도 잘 들리지 않았다. 수전증을 앓는 노인처럼 손가락조차 맥없이 흔들렸다. 하지만 그보다 더 심각한 건 매끄럽던 피부가 파도 결처럼 처지면서 검은 반점이 생긴 것이었다. 병원에서는 갑자기 늙는 베르너 증후군과 흡사한 증상이지만, 일치하지는 않는다고 했다. 몇 차례 정밀 검사를 한 결과 시술 부작용이라는 결론이 났다.

규는 집 밖을 나올 수 없었다. 학교는 핵폭탄이었던 규도, 아름다웠던 규도 금세 잊었다. 그러나 한울은 그럴 수 없었다. 엄마에 대한 상처와 분노를 묵묵히 받아 준 유일한 친구였으니까. 하지만 규는 한울을 만나 주지 않았다. 가족들도 더 이상 찾아오지 않는 것이 친구의 도리라며 번번이 냉정하게 대했다.

세 시간 넘게 눈을 맞고 서 있던 날, 규가 나왔다. 상상했던 것보다 더 끔찍하게 변한, 노인이 되어 버린 규를 안고 한울은 소리 없이 울었다.

"여기까지 왔으니 폭포를 봐야지."

규가 몸을 일으켰다. 한울도 끝까지 가 보고 싶단 생각이 들었지만, 규만 두고 갈 수 없어 망설이던 참이었다. 계단 앞에 섰을 때 규가 심호흡을 했다. 한울이 규 앞으로 가 등을 내밀었다. 됐어, 인마. 규가 한울의 등을 밀어냈다. 한울은 규의 속도에 맞춰 천천히 계단을 올랐다. 돌계단까지 뻗은 나무줄기와 가지 때문에 오르는 게 쉽지 않았다. 한울이 한 발 앞서 가며 큰 돌이나 긴 가지들을 발로 쓸어 냈다. 돌계단이 지나고 나무계단이 나왔다. 나무는 여기저기 파이고 갈라져 위태로워 보였다. 계단 밑으로는 낭떠러지였다.

"안 되겠어."

한울이 규의 팔을 잡았다.

"소풍 때도 못 갔잖아. 겁나면 넌 여기 있어."

규가 앞장섰다. 할 수 없이 한울도 뒤를 따랐다. 뒤쪽에서 인기척이 났다. 아까 주황색 스마트카를 타고 왔던 남자였다. 남자 뒤로 여자 한 명이 따라 올라오고 있었다. 여자는 높은 하이힐에 짧은 미니스커트를 입고 있었는데, 걸을 때마다 휘어지는 발목이 불안해 보였다. 성큼성큼 올라오던 남자가 나무계단 앞에서 멈추고는 규와 한울을 올려다보았다. 괜히 긴장이 되었다. 남자는 한 발을 나무계단에 올리고 눌러 보았다. 그럴 때마다 *끄읔끄읔* 소리가 났다. 남자가 겁먹은 얼굴로 고개를 갸웃거리다 한울에게 물었다.

"혹시 저 아래 세워 놓은 차가 댁들 건가요?"

"네, 그런데요. 왜 그러십니까?"

한울의 대답에 남자 얼굴이 창백해졌다. 한울과 규는 계단에 걸쳐 앉았다. 잠시 쉬고 싶기도 했고, 두 사람의 정체가 궁금하기도 했기 때문이다. 여자가 돌계단 끝에서 가쁜 숨을 몰아쉬며 소리쳤다.

"뭐해? 빨리 올라가지 않고."

"팀장님, 그게…… 아까 그 차 말입니다. 저 사람들 거라는데요."

남자는 여자 얼굴도 똑바로 못 보고 손에 들려 있는 텀블러 손잡이만 만지작거렸다. 텀블러에는 태양열 에너지 마크가 표시되어 있었다. 태양 에너지를 활용한 텀블러는 버튼을 누르면 태양열을 흡수, 혹은 차단함으로써 원하는 온도를 원하는 시간까지 지속시켜 주는 제품이다. 태양열 에너지 마크 하나만으로 가격이 몇 십 배 차이가 나기 때문에 소비자층은 한정되어 있었다. 한울은 남자가 급히 차를 돌리던 순간 보였던 범퍼에 부착된 태양열 에너지 마크를 떠올렸다. 주차 중 태양열을 이용해 차량의 실내 온도를 적정하게 유지시켜 주기에 경제적이지만 소유할 수 있는 사람은 드물었다.

"그래도 가야 해."

여자는 남자를 노려보다 단호하게 말했다. 남자가 기겁을 하며 나무계단을 가리켰다.

"너무 위험해 보이는데요."

"이 일 성사시키지 못하면 너도 나도 끝이야."

"그건 알지만……."

"만약 잘못된 정보로 못 만나게 되더라도 우린 할 말이 있잖아. 잔말 말고 빨리 앞장서."

여자가 하이힐을 벗는 것을 보고서야 남자는 다시 나무계단을 오르기 시작했다. 발이 가벼워서인지 여자가 남자를 앞질러 갔다. 한울과 규가 앉은 곳까지 올라온 여자는 코맹맹이 소리로 길 좀 비켜 달라고 했다. 정중한 말투였지만 코를 막은 채 두 사람을 바라보는 표정에는 불쾌감이 드러나 있었다. 그제야 한울은 규의 목에 걸린 수건이 푹 젖은 상태라는 걸 알았다. 한울이 규의 어깨를 감싸며 엉덩이를 옮겨 길을 열어 주었다. 그사이 올라온 남자가 여자 뒤를 따라가며 고맙다는 듯 살짝 고개를 숙여 보였다. 눈길은 규에게 머문 채.

"저 두 사람, 뭔가 사연 있는 거 같지 않아요? 몸도 불편해 보이는데, 여기까지 올라오다니."

남자가 말했다.

"오지랖 떨다 일 망친다. 집중해, 집중!"

"집중하고 있다고요. 성질하고는."

"뭐?"

여자가 획 돌아섰다. 그러다 규를 보더니 경멸과 안쓰러움이 담긴 표정을 짓고는 한울에게 말했다.

"저기, 학생! 할아버지 모시고 얼른 집에 가. 남들한테 민폐 끼치지 말고. 역한 냄새 때문에 머리까지 어질어질하네."

규는 내색하지 않으려 애썼지만, 빨갛게 상기된 얼굴은 감추지 못했다. 한울의 뒤통수 쪽으로 날카로운 기운이 뻗쳤다. 한울이 일어나 두세 계단을 한꺼번에 뛰어 올라갔다. 남자와 여자가 놀란 얼굴로 뒤를 돌아보았다. 한울은 여자의 한쪽 팔을 잡고 낮은 목소리로 말했다.

"사과해요."

한울이 규 쪽을 보며 말했다. 규가 놀란 얼굴로 고개를 흔들었다.

"무, 무슨 사과?"

여자가 잡힌 팔이 아픈지 인상을 쓰며 어깨를 움츠렸다.

"아, 아닙니다. 어서 가던 길 가세요."

규가 일어나 한 계단 올라서며 말했다. 하지만 한울이 여자 쪽으로 다시 고개를 돌리고는 손아귀에 힘을 주었다.

"민폐라고요? 설마 시간과 중력이 아줌마한테도 적용된다는 걸 잊고 사는 건 아니겠죠? 그때도 그렇게 말할 건가요?"

"난 남들한테 민폐 끼칠 일 없으니까 할아버지나 신경 쓰라고. 그리고 나 아줌마 아니거든?"

여자는 아줌마라는 말에 더 화가 난 것 같았다.

"야! 넌 뭐하고 있어, 이 녀석 빨리 떼어 내지 않고."

여자가 고함치자 그제야 남자가 엉거주춤 다가왔다. 한울이 여자를 놓아주었다. 여자가 팔을 쓸어내리며 한울에게 소리쳤다.

"야, 너! 아까 중력이라고 했니? 쳇, 물리학자 나셨군. 걱정 마, 내겐 시간이든 중력이든 얼마든지 다스릴 방법이 있으니까."

여자의 말에 한울과 규는 아무 말도 하지 못했다. 남자가 겁먹은 얼굴로 시간이 없다며 재촉했다.

폭포는 까마득히 높게 솟은 암벽을 타고 흐르고 있었다. 가늠하기 어려운 높이 때문에 폭포와 맞닿은 하늘에서 물이 쏟아지는 것 같았다. 둘은 나무로 만든 의자에 나란히 앉았다. 한동안 아무 말 없이 폭포에 집중했다. 겉으로 보기에는 인공 숲의 폭포와 차이가 없어 보였다. 하지만 그곳에서는 느끼지 못했던 미묘한 뭔가가 구곡 폭포에 있었다.

한울이 폭포에서 시선을 떼며 규의 손을 잡았다. 뼈에 가

죽만 남아 있는 앙상한 손이었지만, 따뜻했다. 요란한 폭포 소리 사이로 앙증맞은 새소리가 들렸다. 발 빠른 작은 동물이 나무를 타고 내려오다 어딘가로 숨었다. 나무를 이어 만든 안전장치는 대부분 떨어져 나가거나 쪼개진 채 주위에 널려 있었다. 그 바람에 한울과 규는 공중에 붕 떠 있는 것 같았다. 숲 가장자리 언덕진 곳에 팻말 하나가 비스듬히 쓰러져 있었다. 한울이 아슬아슬하게 매달린 난간을 붙잡고 팻말을 집어 왔다. '끝. 아름다운 마무리는 내려놓음. End.' 아홉 개의 덕목 중 마지막 팻말이었다. 내려놓음. 내려놓음. 내려놓음……. 한울은 '내려놓음'이란 말을 여러 번 입속에서 굴려 보았다.

어디선가 남자와 여자의 목소리가 들렸다. 두 사람의 말소리는 폭포 소리에 묻혀 간간이 이어졌다. 그렇잖아도 앞서 올라간 남녀가 보이지 않아 어디로 갔을까 의아해하던 참이었다.

"아까 왜 그렇게 흥분했어? 네 성질 때문에 내 명대로 못 사는 줄 알았네."

"미안, 나도 모르게 욱해서 그만."

장난삼아 던진 규의 말에 한울이 진지하게 대답하자 분위기가 침울해졌다.

"대체 누구를 찾아 이 숲 속까지 온 걸까?"

규가 짐짓 밝은 목소리로 물었다. 한울이 글쎄 하며 어깨를 으쓱해 보였다. 그때 누군가의 머리가 풀숲 사이로 쑥 올라왔다. 하얀 머리를 굵게 말아 올린 여자였다. 얼굴은 60대가 될까 말까 할 정도였는데, 백발 때문인지 전체적인 이미지는 훨씬 나이 들어 보였다. 뒤따라 남녀의 모습도 나타났다. 할머니는 커다란 카메라를 멘 채 한울과 규를 바라보았다. 못마땅해하는 기색이 역력했다.

"오늘따라 산이 와 이리 시끄럽노."

목청이 또렷하면서도 크고 우렁찼다. 할머니는 키 작은 풀에 카메라를 들이대더니 앉은걸음으로 조금씩 움직이며 셔터를 눌렀다. 여자치고 키와 덩치가 큰 편이었지만 묵직하고 투박한 카메라는 조금 버거워 보였다. 그러나 할머니는 익숙한 손놀림으로 셔터를 누르며 풀과 야생화에 빠져들었다.

"선생님, 차 드세요. 완벽한 맛과 향을 느낄 수 있도록 온도를 맞추었어요."

여자가 텀블러 뚜껑을 열어 공손하게 내밀었다. 할머니는 아무 반응이 없었다. 한동안 카메라 속 무언가에 집중한 채 꼼짝도 하지 않았다. 여자는 텀블러를 들고 할머니 곁에 붙어 있었다. 10분 정도 흘렀을까, 여자와 남자 표정이 짜증스럽게 일그러졌다. 남자가 먼저 더 이상 참을 수 없다는 듯 한숨을 푹 내쉬었다.

"이런 몹쓸! 날아갔잖아."

할머니의 호통에 여자가 남자를 곁눈으로 노려보았다. 할머니는 희귀한 나비를 놓쳤다며 아쉬운 표정으로 주저앉았다.

"차 이리 내 봐."

여자가 활짝 웃으며 텀블러를 내밀었다.

"저 사람들도 일행인가?"

할머니가 한울과 규를 턱으로 가리키며 물었다. 여자가 아니라고 대답했다.

"이제 와서 내게 매달리는 이유가 도대체 뭔가?"

여자 얼굴에 잠깐 긴장감이 돌았다. 여자가 눈짓을 하자 남자가 할머니 앞으로 자리를 옮기며 몸을 낮췄다.

"17억이에요, 17억! 선생님 디자인에 그 정도면 아주 좋은 조건이라고요."

"글쎄, 난 팔 생각 없다니까."

"그러지 말고 한번 잘 생각해 보세요, 선생님! 사람들은 이제 컴퓨터 그래픽 같은 완벽한 것보다 순박하면서도 꾸미지 않은, 자연스러운 아름다움을 선호하고 있어요. 현대는 디자인 경쟁 시대라는 거 잘 아시죠? 이번에 우리 회사가 만든 제품과 선생님 디자인은 그야말로 환상의 궁합이라니까요."

여자가 할머니의 팔짱을 끼며 나긋나긋 설득했다.

"이것 좀 보게."

할머니가 여자에게 카메라 화면을 보여 주었다.

"야생화는 강한 향기나 화려한 색으로 유혹하지 않는다네. 나비는 고요한 아름다움을 알아보고 찾아들지. 야생화와 나비의 조화야말로 미의 본질이라고 할 수 있어. 나는 그 속에서 선과 면이 주는 환상의 궁합을 발견하지. 디자인은 정신이나 마찬가지네. 그러니 자네 회사에서 사야 하는 건 나의 정신이야. 거죽에 드러나는 아름다움만 보고 판단하니 그렇게 손바닥 뒤집듯 유행만 따라가지. 내 젊은 시절, 자네 회사는 내가 장애인이라는 이유만으로 디자인을 검토조차 하지 않았어. 그때와 조금도 달라지지 않았군."

워낙 목청이 큰 데다 폭포 소리를 의식해 큰 소리로 말했기 때문에 할머니의 목소리는 조금 떨어져 앉은 한울과 규에게까지 또렷하게 들려왔다. 한울은 얼마 전 잡지에서 본 공예 디자이너계의 장인을 소개하는 기사를 기억해 냈다. 산에서 낙상 사고를 당해 한쪽 다리를 의족으로 지탱하면서도 여전히 열정적으로 일하는 디자이너 '도하'에 관한 내용이었다.

여자가 미간을 모으며 허공을 향해 한숨을 쉬었다. 남자가 뭔가 말하려 하자 여자가 눈짓을 했다. 그러고는 다시 표정을 바꾸며 억지웃음을 지었다.

"이제라도 선생님의 진가를 알아봤으니 마음 푸시고 매듭을 짓자고요."

"돌아가게. 그러면 마음이든 매듭이든 저절로 풀릴걸세."

할머니가 일어섰다. 그제야 한울과 규는 할머니의 걷는 폼이 불안정하다는 걸 느꼈다.

"뭔가 착각하시는 거 같은데, 더 이상의 섭외는 없습니다. 오늘이 지나면 선생님의 디자인은 쓰레기에 불과할 겁니다. 아시겠어요?"

여자가 남자에게 눈을 찡긋거리자 남자가 어설픈 협박조로 말했다. 할머니는 더 이상 대거리조차 하기 싫다는 듯 카메라 렌즈를 만지며 자리를 옮겼다. 여자는 할머니를 물끄러미 보다 어딘가로 연락했다. 죄송하다는 말을 반복하는 여자의 얼굴이 붉으락푸르락했다. 통화를 마친 여자는 한 손으로 손나팔을 만들더니 톤을 높여 말했다.

"선생님, 조만간 회장님과 함께 다시 찾아뵐게요."

할머니는 별 반응이 없었다. 여자는 남자한테 신경질을 부렸고, 남자는 자기도 할 만큼 했다는 말만 했다. 자기감정에 못 이긴 여자가 몸을 획 돌려 발을 구르며 계단을 내려갔다. 그러다 갑자기 비명 소리와 함께 여자의 모습이 사라졌다. 남자가 팀장님을 부르며 황급히 계단을 내려갔다. 계단 아래에서 여자의 숨넘어갈 듯한 비명 소리가 들려왔다. 한울이 규에게 여기서 기다리라 이르고는 급히 내려갔다. 여자가 쪼개진 나무 기둥 모서리를 잡고 허공에 매달려 있었다. 당황한 남자는 발만 동동 구를 뿐 어떤 행동도 취하지 못했다. 할머니도 동작을 멈춘 채 놀란 표정으로 계단 쪽을 보고 있었다.

"빨리…… 제발, 살려 줘."

공포에 떨며 여자가 애원했다.

"가만히 있어요."

한울이 다시 올라와 규의 목에 둘렀던 수건을 챙겨 내려갔다. 수건 한쪽 모서리를 잡은 채 손목에 한 번 감고는 여자를 향해 내려 주었다. 여자는 수건을 잡을 엄두도 내지 못하고 비명만 질러 댔다.

"천천히 심호흡을 하세요. 소리 좀 지르지 말고요."

여자 비명 소리가 멈췄다.

"냄새나고 더러운 거라도 잡으시겠어요?"

여자는 한울의 말이 끝나기도 전에 수건을 꽉 움켜잡았다. 한울이 조심조심 수건을 잡아당겼다. 여자의 몸이 계단 가까이 왔을 때, 수건이 갈라지기 시작했다. 한울은 얼른 남자에게 한쪽 팔을 잡으라고 했다. 한울과 남자가 각각 여자의 손을 잡고 끌어 올렸다. 계단에 완전히 올라서자 여자는 울음을 터뜨렸다. 할머니도 안도의 숨을 내쉬고는 계단 쪽으로 건너왔다. 울음이 잦아들자 한울이 부축해서 의자로 안내했다. 여자는 무너지듯 주저앉았다.

"산의 품은 많은 생명을 안을 만큼 넉넉하지만, 그렇게 만만하진 않아. 앞으로 이렇게 험한 곳까지 찾아오지 말게. 나처럼 되지 않으려면."

할머니는 다시 무더기로 피어 있는 야생화 쪽으로 천천히 걸어갔다. 여자가 호흡을 가다듬었다. 한울은 찢어진 수건을 규의 목에 걸어 주었다. 여자는 입술을 씰룩이며 한울과 규를 훑어보았다.

"고마워……요."

여자가 떨떠름한 표정으로 인사했다. 그러고는 화장을 고쳤다. 남자도 손거울을 꺼내 눈썹과 입술을 정돈했다. 남녀는 똑바로 서지도 못하고 기다시피 나무계단을 내려갔다.

"혹시 말이야, 시술받기 전 내 사진 갖고 있는 거 있냐?"

규가 물었다.

"글쎄. 그건 왜?"

"그냥……. 그때의 내 모습이 보고 싶어서. 제기랄, 그걸 왜 다 버렸을까."

규가 영정 사진을 돌려 달라고 말하며 손을 내밀었다. 한울이 순순히 규의 손에 사진을 올려놓았다. 규는 사진을 가만히 들여다보다 잘게 찢었다.

"너보다 더 오래 살지도 모르는데 영정 사진부터 준비하다니, 너무 성급했어."

"나도 방금 그 생각을 하던 참이었어."

둘은 서로 마주 보고 웃었다. 그때 뭔가가 두 사람 눈앞에 쑥 나타났다.

"어여 받어. 할아버지와 손자 사이가 하도 고와 보여서 찍었어."

한울이 얼른 사진을 받았다. 도하는 해가 지기 전에 할아버지 모시고 서둘러 내려가라 이르고는 휙 돌아섰다. 서너 장의 사진을 넘겨 보다 규가 물었다.

"깔이 뭐라고 했지?"

"맵시와 솜씨는 곱고 산뜻함. Freshness!"

"그러니까 곱고 산뜻함은 외모가 아니라 맵시와 솜씨라는 거지?"

규가 다시 묻자 한울이 생각에 잠긴 얼굴로 말했다.

"음…… 그렇다면 저분은 깔을 잘못 이해한 사람들 때문에 억울한 세월을 보낸 거잖아."

"그게 오히려 기회가 되지 않았을까? 다른 사람을 의식하지 않고 자신만의 미를 찾을 수 있는 기회 말이야. 마치 이 숲처럼. 누가 보든 안 보든 상관없이 나만의 맵시와 솜씨를 가꾸자 그러면서."

규가 카메라 도구를 챙기는 도하를 보며 말했다.

"도하야말로 깔을 갖춘 아름다운 여자다, 그 말이 하고 싶은 거지?"

"빙고!"

한울이 웃음을 터뜨렸다. 어느새 규가 도하에게 다가가고 있었다.

"저 묘한 분위기는 뭐지? 서, 설마!"

가까워지고 있는 두 사람을 지켜보는 한울의 입가에 웃음이 맴돌았다.

노을이 만들어 낸 곱고 산뜻한 빛깔이 숲에 내려앉았다. 유난히 더웠던 여름을 견딘 숲은 새로운 계절을 준비하고 있었다.

아이들이 웅성거리는 걸 보니 다 읽은 모양이다. 지각한 아마존만 소설에서 눈을 떼지 못하고 있었다.

"그런데요, 혹시 꿈이 소설가예요?"

나무늘보가 속삭이듯 물었다.

"네. 엄마는 절대 안 된다고 하시지만."

"왜요?"

"아버지가 시를 쓰시는데 돈벌이를 잘 못하세요. 문학하는 사람은 돈을 돌처럼 여겨야 한다시면서. 덕분에 우리 가족은 엄마의 경제 활동에 의존하는 상황이죠."

그사이 아마존이 소설에서 눈을 뗐다.

"늦었네요. 전화도 안 받고."

"죄송합니다. 일이 좀 있었어요."

상담 선생님 말에 아마존이 대답했다. 기분이 썩 좋아 보이지 않는 걸 보니 그 일이란 게 좋은 일은 아닌 듯했다.

"그냥 사소한 일이에요. 까탈대마왕의 꼬리를 건드렸거든요. 음…… 다시 말하면 아빠랑 한바탕하느라 늦었어요. 그러다 휴대 전화가 박살 났고요. 이제 됐죠?"

상담 선생님이 시선을 거두지 않자 아마존이 휴대 전화를 들어 보였다. 액정 몰골이 말이 아니었다. 상담 선생님의 눈동자가 허공에서 방황하다 바닥으로 떨어졌다. 백색왜성이 종이를 뒤적이며 물었다.

"제목이 뭐예요?"

"아직……. 제목은 추천을 받겠습니다. 아, 그리고 지난번에 나무늘보가 이야기했던 것 중에 마음에 남는 게 있어서 소설에 인용했어요."

"뭔데요?"

나무늘보가 물었다.

"나무늘보 아빠가 자연에 관해 했던 말이요. 생태계는 누군가의 시선에 상관없이 자신을 가꾸며 때를 준비하는 것 같다고 했던."

"아! 그런데 일단은, 등장인물들이 헤라클레스의 어떤 문제

와 연결이 되어 있는지 알아야 할 것 같아요."

그렇잖아도 설명하려 했다. 나무늘보도 때론 앞질러 갈 때가 있구나.

"해주 누나에게 제 진심을 전하고 싶은데, 방법이 없었어요. 그러던 어느 날 소설을 이용해야겠단 생각이 들더라고요. 아, 해주 누나 이야기 먼저 하겠습니다. 누나는 엄마가 운영하는 뷰티샵에서 아르바이트를 하고 있어요. 회원 관리도 하고 음료 서비스나 청소 같은 잡일을 하는 거죠. 제가 맘에 들어 하는 것을 알고 엄마가 다리를 놔 주었습니다. 엄마도 누나를 예뻐했거든요. 성실하고 야무지다고.

해주 누나는 저보다 세 살 많은 대학생이지만 통하는 게 많았어요. 그런데 얼마 전, 누나가 사고를…… 당했습니다. 뉴스에도 크게 나왔던 전철 화재 사고요. 다 저 때문이었어요."

나는 어금니를 꽉 물어야 했다. 목에서 묵직한 덩어리가 울컥 올라오는 것을 누르기 위해.

해주 누나는 한쪽 뺨과 목에 심한 화상을 당했다. 사고 후 누나가 나를 만나 주지 않았기 때문에 주위 사람들에게 소식을 들을 수밖에 없었다. 신세대 엄마 둔 걸 감사하게 여기라며 흔쾌히 다리를 놓아 주었던 엄마는 당장 마음을 정리하라며 언성을 높였다.

"외모도 경쟁력이고 스펙이야. 미래가 뻔한 애랑 뭘 어쩌겠다는 거니?"

미래가 뻔한 건 엄마다. 대체 남편과 자식까지 있는 사람이 사랑에 빠져서 뭘 어쩌겠다는 건지. 그 즈음 로션 대신 버터를 바를 것처럼 느끼한 느낌을 주었던 단골 남자 회원이 엄마와 그렇고 그런 사이라는 걸 알게 됐다. 나만 보면 가식을 떨면서 친근하게 굴 때부터 수상하다 싶었다. 실망감은 배신감으로, 배신감은 분노로, 분노는 반항으로 이어졌다. 게다가 해주 누나의 사고 후 사사건건 나의 일상을 감시하며 헤어지길 강요하는 엄마 때문에 뒤늦은 사춘기를 격하게 겪고 있었다.

"해주 누나가 헤라클레스 때문에 사고가 났다는 건 무슨 말인가요?"

피오나가 물었다.

"그날 학원 끝나고 샵에 들렀다 엄마와 다투었어요. 제 진로 문제 때문이었는데 그날따라 버터 아저씨까지 은근슬쩍 엄마 편을 들면서 제 일에 끼어들더라고요. 열이 확 받아서 탁자 옆에 있던 쓰레기통을 발로 차 버렸어요."

저녁도 안 먹고 밤거리를 방황했다. 나는 쓰레기가 산산조각으로 흩어질 때 청량음료를 삼킨 것처럼 시원했다. 하지만 그걸 치워야 할 사람이 해주 누나일 거란 생각은 하지 못했다. 휴대 전화를 켜고 누나한테 전화를 했다. 누나는 우리 집 앞이라고 했다. 나는 택시를 잡아타고 집으로 갔다.

"물고기를 옮길 때는 천적을 함께 넣어 둔대. 물고기가 천적을 피해 도망 다니는 동안 훨씬 더 싱싱해지니까. 어쩌면 천적은 인생에 꼭 필요한 것일지도 몰라. 특히 예술가들에게는. 너를 힘들게 하는 천적을 에너지로 바꿔 봐."

"만약 내가 우리 아빠처럼 돈도 못 벌고 무능력해도 나 사랑할거야?"

"내가 너보다 먼저 늙고 병들 텐데, 그래도 끝까지 나 사랑할거야?"

"당연하지, 누나!"

"나도 그래. 그리고 너희 아빠 무능력하지 않아. 능력을 경제력만으로 판단할 순 없는 거잖아."

"하지만 아빠가 돈만 잘 벌었어도 엄마가 뷰티샵을 하지 않아도 됐을 거고, 그럼 버터 아저씨 같은 사람한테 넘어가진 않았을 거야."

"엄마 아빠 인생도, 과거나 미래도 우리가 어떻게 할 수 있는 게 아니야. 우리가 어떻게 할 수 있는 건 지금 우리 삶뿐이라고. 난 지금 너랑 같이 있어서 행복한데, 넌 자꾸 불행한 얼굴을 하고 있어."

해주 누나가 살짝 눈을 흘기며 입술을 삐죽거렸다. 그 입술에 얼른 입을 맞추었다. 누나와 함께 있으면 답답한 안개가 걷히고 파릇한 길이 눈앞에 펼쳐지는 느낌이 든다. 엄마의 독설을 솜방망이로 만들어 버리는 누나의 초긍정 에너지. 내게 가장 결핍돼 있는 마인드다.

어느새 자정이 가까워지고 있었다. 나는 당황한 누나의 손을 잡고 전철역을 향해 뛰었다. 우리가 플랫폼에 도착하자마자 마지막 전철이 들어섰다. 해주 누나 손을 놓기가 아쉬웠다. 누나는 환하게 웃으며 빨갛게 얼어 버린 손을 흔들었다. 전철 유리창 너머의 모습. 그게 해주 누나의 마지막 모습이었다.

"사실 전, 쟤는 여기 왜 왔지? 헤라클레스 같은 남자도 실연을 당하나? 뭐, 그런 생각을 했어요. 몸짱, 얼짱에 반항적인 분위기까지 매력적이잖아요. 아, 이 말을 하려던 게 아닌데. 그러니까 제가 하고 싶은 말은, 해주 누나가 다친 게 헤라클레스 탓은 아니라는 거예요."

나무늘보가 횡설수설했다. 그래도 결말은 접수! 왠지 위로가 된다. 누군가 그 말을 해 주길 바랐는지도 몰랐다. 가만 보니 나무늘보 눈가에 살짝 눈물이 맺혔다. 자기 이야기를 할 때도 울었던 걸 보면 눈물이 흔한 애 같았다. 찔찔 짜는 앤 좀 짜증 나지만 내 일에 눈물까지 보이는 모습이 싫지 않았다.

"전 헤라클레스 탓이라고 생각하는데요."

아마존이었다.

"미안하지만 해주 누나를 찾는 이유가 뭔지 묻고 싶어요. 지금까지의 상황으로는 의지하고 투덜거릴 대상이었지 사랑하는 사람은 아니었던 것 같아요. 엄마와의 갈등조차 스스로 이겨 내지 못하면서 어떻게 누나와의 사랑을 지키겠다는 건지……. 평생 해주 누나 곁에 있을 자신 없으면 더 이상 찾아가지 마세요. 찌질하게."

"사랑하는 사람이 가장 힘들 때 곁에 있어 주지 못하는 게 진짜 찌질한 남자죠. 해주 누나가 정말 원하는 게 사라져 주는 걸까요? 전 아니라고 생각해요."

백색왜성이 끼어들었다.

"그건 백색왜성 생각이고요. 해주 누나는 자신의 흉한 모습을 보이고 싶지 않은 거예요. 그 마음을 헤아리지 못하고 끝까지 찾아가면, 누나가 행복해할까요?"

"아마존의 생각을 일반화시키지 마세요."

아마존과 백색왜성의 언성이 점점 높아지고 있었다.

"지금은 감상에 젖어 누나 곁에 있겠지만, 언젠가는 후회하게 될 수도 있어요. 그땐 해주 누나에게 더 큰 상처를 주는 거라고요."

"일어나지도 않은 미래까지 생각할 필요가 있을까요?"

"이래서 남자들은 단순하고 이기적이라니까."

아마존이 벌떡 일어나 밖으로 나가 버렸다. 남자들? 그럼 쟤는 남자가 아니라는 건가? 그러고 보니 여자애 같기도 하고. 갑자기 헷갈렸다. 모두들 황당한 얼굴로 쾅 닫힌 문만 멍하니 바라보았다. 이런, 제길! 이럴 때는 어떻게 해야 하는 거야? 정적이 흐른 후 백색왜성과 상담 선생님 그리고 피오나가 동시에 일어섰다.

"제가 나가 보겠습니다."

백색왜성 말에 상담 선생님이 고개를 끄덕였다. 문 닫히는 소리가 유난히 크게 들렸다. 모두들 입에 본드라도 칠했는지 아무 말 하지 않았다. 이따금 교실 문만 힐끔거릴 뿐이었다.

"요즘은 의학이 많이 발달했으니까 수술하면 예전 얼굴로 돌아갈 수 있을 거고, 그럼 다시 관계도 회복될 수 있지 않을까요?"

나무늘보의 목소리가 반가울 지경이었다. 하지만 그 말에 누구도 토를 달지 않았다. 나는 어떻게 대꾸해야 할지 생각하다 타이밍을 놓쳐 버렸다. 또다시 침묵. 벽에 걸린 시계는 여섯 시를 가리키고 있었지만 아무도 자리에서 일어날 생각을 하지 않았다. 어색한 침묵에 숨이 막히려는 찰나, 문이 열렸다. 백색왜성과 아마존이 들어왔다.

"죄송합니다. 헤라클레스한테도 미안합니다!"

아마존의 사과에 내가 괜찮다고 대답해 주었다. 상담 선생님은 안도의 표정으로 좀 더 나눌 이야기가 있냐고 물었다.

"제 의견 일부를 정정하겠습니다. 사고는 사고일 뿐 누구의 탓이 아니에요. 죄책감을 갖는 건 지나친 생각인 것 같아요."

아마존이 말했다.

"헤라클레스처럼 글로 마음을 전할 수 있는 재주가 부럽습니다. 그런데 도하와 규를 연결시키려는 건 좀 억지 같아요. 헤라클레스의 의도가 뻔히 보여서 누나가 부담스러워하지 않을까요?"

"오히려 귀엽게 생각할 거 같은데요. 저는 해주 누나가 헤라클레스의 진심을 알 수 있도록 누나에게 작품을 꼭 보여 주면 좋겠어요. 그 후의 일은 누나의 선택을 따를 수밖에 없겠죠."

잃어버린 섬과 나무늘보도 한마디씩 했다. 끝날 때까지 아무도 제목을 추천하지 않았다. 처음부터 그건 내 몫이었겠지.

빈 봉투를 들고 밖으로 나왔다. 눈발이 약하게 흩날렸다. 차가운 바닥에는 눈이 포근하게 쌓여 가고 있었고, 메마른 앙상한 나뭇가지마다 눈꽃이 피었다.

어쩌면 아마존의 말이 맞을지도 모른다. 내게 누나를 사랑할 자격이 있는 걸까. 끝까지 해주 누나와 함께할 자신은 있는 걸까. 자꾸 물어도 그렇다고 대답하는 마음이 집착인지,

사랑인지, 나를 위하는 마음인지, 누나를 위하는 마음인지 잘 모르겠다.

이제 빈 봉투에 그에 대한 답을 담을 차례다. 답에 대한 확신이 서지 않으면 해주 누나에게 글을 보여 주지 못할지도 모른다. 서두르지 말자. 지금 필요한 건 시간일 테니. 내게도, 누나에게도.

노을의 곱고 산뜻한 빛깔이 쌓인 눈 위로 내려앉고 있었다. 나는 화려한 빛 속을 걸으며 생각에 잠겼다. 18년 동안 그토록 진지했던 적은 없었다. ♣

5. 아마존 이야기

- 사랑과 우정의 오차

인터넷 창을 닫았다. 사이버 세상 속 어마어마하게 많은 정보 중 내 문제를 해결해 줄 정답은 없었다. 어렴풋이 기억하는 어린 시절, 잠에서 깨어났을 때의 감정이 울컥 치밀었다. 어두컴컴한 집 안에 혼자라는 걸 알게 되었을 때의 막막한 두려움과 슬픔. 그때처럼 세상은 회색빛이었고 내 곁에 있어 주는 건 외로움뿐이었다. 어둡고 깊은 동굴 속에서 외로움에 젖어 있기. 내가 할 수 있는 건 그것뿐이었다. 하지만 호의를 베풀지 않는 내 삶에 무릎 따윈 꿇고 싶지 않다. 나는 모자를 눌러 쓰고, 점퍼를 걸쳐 입었다.

"사랑과 우정의 차이는 뭘까요? 인간의 감정을 사랑과 우정으로 정확히 나눌 수 있을까요? 그 해답을 찾고 싶어서 왔어요."

아이들 눈빛이 야릇했다. 마치 사차원에 빠져 있는 것 같았다. 그 와중에 나무늘보와 피오나는 서로 힐끔거리며 소곤거리느라 바빴다. 상담 선생님이 주의를 주었다. 그러자 팔꿈치를 툭툭 치며 눈빛으로 수다를 떨었다. 듣거나 말거나 신경 쓰지 말까 하다 인상을 팍 써 보였다. 둘은 생선을 훔치려다 들킨 고양이처럼 슬금슬금 내 눈을 피했다. 눈에 힘을 풀고 호흡을 가다듬는데, 나무늘보의 속삭임이 들렸다.

"카리스마 완전 짱! 내 눈이 정확하다니까."

어휴! 저게 끝까지.

"남자를 어떻게 생각해?"

언젠가 소비자 광고 심리 센터에서 일하는 형부가 내게 물었다. 형부는 나만 보면 직업의식이 발동하는지 만날 때마다 심리 상태를 분석하려 했다. 난감한 질문에도 나는 최대한 성의 있게 그리고 솔직하게 대답해 주었다. 형부는 지구상에 있는 몇 안 되는 나의 이상형이자 모범이 될 만한 남자였으니까.

"공감 능력 제로인 하등 동물!"

그때 형부의 표정이란. 복잡 미묘하게 흔들리는 눈빛. 나는 그 눈빛이 부담스러워 얼른 말을 덧붙였다.

"안심하세요, 형부는 제외니까."

"하이고, 천만다행이군. 그런데도 선머슴아 같은 모순 패션을 고집하는 까닭은 뭘까?"

"이래야 남자 녀석들이 안 건드리거든요."

나를 모르는 사람들은 남자에 대해 지독한 편견을 갖고 있다 비난할지도 모른다. 하지만 이건 17년 동안 깊은 인연으로 맺어졌던 남자들을 통해 얻은 정보다.

동화책이 시시해질 무렵, 나는 여자만 사는 세상을 꿈꾸었다. 남자가 없으면 전쟁도, 살인도, 강간도, 폭력도, 짓밟히는 약한 자들의 불행한 삶도 사라질 거라 믿었다.

아마존족. 그리스 신화에 나오는 여전사들. 말을 타고 질주하며 활과 창과 도끼, 초승달 모양의 방패를 들고 남자들을 습격하는 민족이다. 나는 좀 더 자라면 아마존족의 여전사가 될 거라 다짐했다. 아! 하지만 초경을 하기도 전에 알아 버렸다. 신화는 잡을 수도 가질 수도 없는 무지개 같은 이야기일 뿐이라는 걸. 산타 할아버지가 유치원 선생님이었다는 사실을 알았을 때보다 더 끔찍했다. 충격은 마음 깊은 곳에 심술 맞은 폭발물을 심어 놓았고, 폭발은 한 번 시작되면 걷잡을 수 없었다. 특히 '까탈대마왕' 아빠 앞에서는 더욱.

그런 내게도 사랑이 찾아왔다. 사춘기의 발광이 정점을 찍은 후 점차 사그라지던 시기였다. 우리 학교에 다니는 수많은 여학생 중 하나일 뿐 그 이상도 이하도 아니었던 그 앤, 우리 학교 애들이 '꽁지 빠진 오토바이'라 부르는 사건 이후 특별한 사람으로 내게 다가왔다. 가랑비에 옷이 젖듯 나도 모르는 사이에.

"야, 한수연. 마지막 경고다. 사귈 거야, 말 거야?"

토요일 오후, 짝 다영이와 교문을 나서는데 어떤 놈이 오토바이를 타고 정문에 떡 버티고 서 있었다. 청학동 남학생들 사이에서 '얼음 공주'로 통하는 한수연. 커다란 눈과 보조개가 새침하고 귀엽긴 하지만 공주는 심한 거품이다. 내가 보기엔 인간 '화이트 포메라니안' 정도면 적당한 표현이지 싶다. 화이트 포메라니안은 애완견의 한 종류로, 인간과 개라는 차이점만 빼면 수연이와 꼭 닮았다. 오토바이는 수연이한테 몇 번씩이나 거절당하곤 열이 받았는지 날뛰는 꼴이 딱 미친 소 같았다.

"싫다고 했지? 몇 번을 말해야 알아들어?"

수연이의 목소리는 끓는 물도 얼려 버릴 듯 싸늘했다. 나는 발길을 멈추었다. 뭔가 재미있는 사건이 벌어질 것 같은 아슬아슬한 긴장감. 아이들이 가던 길을 멈추고 주위를 에워쌌다.

모두들 학업 스트레스를 날려 버릴 드라마 같은 장면을 기대하는 표정이었다. 수연이는 꼿꼿한 자세로 등을 휙 돌려 그 자리를 빠져나가려 했다.

"이래도?"

오토바이가 칼을 꺼내 들었다. 수연이 입술에서 핏기가 싹 사라졌다. 오토바이가 수연이에게 다가가자 주변에 몰려든 아이들이 뒤로 물러서며 길을 터 주었다. 공포에 사로잡힌 수연이의 눈빛이 불안하게 흔들렸다. 오토바이가 칼을 치켜들었다. 꺄아악! 젠장, 단체로 질러 대는 비명 소리에 하마터면 간 떨어질 뻔했다. 오토바이는 기대했던 반응이란 듯 씩 웃어 보이더니 칼날의 방향을 바꾸었다.

"사귄다고 하지 않으면 내 허벅지가 난도질당하는 꼴을 보게 될 거야."

수연이는 자동차 앞에 매달린 스프링 인형처럼 고개만 좌우로 흔들었다. 공중으로 치켜든 손, 그놈의 손이 나를 노려보는 것 같았다. 휙…… 칼이 공중을 긋는 순간,

"안 돼!"

수연이가 고함치며 땅바닥에 주저앉았다.

"알았어. 사귈게, 사귄다고. 그러니까 그만해."

이번엔 수연이가 애원하고 있었다. 눈물, 콧물 범벅이 되어 흐느끼면서.

"저런 바보."

내가 중얼거렸다. 다영이가 그만 가자고 팔을 잡아끌었다.

"이제 알겠지? 내가 널 얼마나 원하는지."

오토바이가 먹이를 앞에 둔 하이에나처럼 웃으며 수연이 얼굴을 쓰다듬었다. 시커먼 입술이 수연이 볼에 닿을락 말락 했다. 그놈의 허벅지는 멀쩡했다.

"명심해. 넌 이제부터 내 거야."

분한 표정을 지으면서도 수연이는 아무 말 하지 못했다.

"미, 친, 새, 끼."

거친 내 욕설에 주변의 눈이란 눈은 모두 내게 쏠렸다. 개구리눈처럼 툭 튀어나온 오토바이의 시선이 주위를 둘러보다 내게 딱 멈추었다. 쏘아보는 눈에서 레이저가 뿜어 나올 것 같았다.

"눈에 힘 좀 빼시지? 그러다 눈 뒤집어지시겠어."

"에이, 씨발. 너 방금 뭐라 그랬어?"

"또 듣고 싶냐? 이 미친 또라이 새끼야?"

여기저기서 킥킥거리는 소리가 들렸다. 그만해, 쟤 칼 들었어. 다영이가 내 뒤로 숨으며 속삭였다.

"어쭈, 껍대가리를 아주 상실했구나."

오토바이가 내 발 앞에 침을 칙 뱉었다. 아, 미친 건 오토바이가 아니라 나일지도 몰랐다. 내 껍대가리는 이런 남자

놈들 앞에만 서면 증발해 버린다. 신화 속 여전사에 빙의되면, 나는 나 스스로를 통제할 수가 없다. 그런데 의외였다. 오토바이는 내게 다가오지 못하고 시뻘겋게 달아오른 얼굴로 씩씩거리기만 했다. 오히려 내가 다가가자 뒤로 물러났다.

"너 교문 앞에서 쟤한테 지랄 떠는 거 몇 번 봤는데 인생이 불쌍해 보여서 그냥 냅뒀거든. 근데 이제 보니 완전 구제불능 미친 또라이 새끼네. 너 꼼짝 말고 기다려라. 네 모습 휴대 전화에 콱 박아서 경찰에 전송했으니까. 아, 우리 형부가 경찰청장인데 말이야, 유치장이든 정신병원이든 너한테 딱 맞는 데 데려다줄 거다."

"에이씨, 지랄. 너 다음에 만나면 가만 안 둬."

오토바이는 말도 채 마치지 못하고 허둥거리며 사라져 버렸다. 아이들의 웃음소리가 꽁지 빠진 오토바이 뒤를 따라갔다. 나는 뒤늦게 나타난 학생 주임의 고함 소리를 듣고 나서야 다리가 후들거리기 시작했다.

술렁술렁. 시작부터 이상했던 기운이 가라앉질 않는다. 무시하고 가려 했는데 안 되겠다. 다시 한 번 인상을 팍 쓰고는 피오나를 보았다.

"왜 그래요? 정신 산만해서 얘기를 못 하겠네."

"미안. 어, 음…… 사실은 나무늘보랑 내기했거든요."

"내기요?"

"아마존이 남잔지 여잔지……. 기분 상했죠. 어떡해, 진짜 미안해요."

기분 상할 것도 많다.

"얼마 내기 했는데요?"

"피자 쏘기. 제가 졌어요. 전 진짜 남잔 줄 알았거든요."

나무늘보가 대답했다. 남자애들이 한심한 눈길로 여자아이들을 쳐다보았다. 네 놈들도 같은 궁금증을 갖고 있다는 걸 진작 눈치채고 있었는데 시치미 떼기는. 완전 밥맛이다. 지난주 나와 싸우느라 가장 많은 대화를 했던 백색왜성조차 헷갈려하는 게 뻔히 보였는데 말이다.

"저한테도 쏘세요, 피자."

"좋아요! 근데 수연이한테 질투나 샘이 나진 않았나요?"

"그래야 하나요?"

나무늘보의 질문에 내가 되물었다. 나무늘보는 어깨만 으쓱해 보였다.

"너 혼자 왔어?"

언니랑 마트를 돌고 있는데 누가 내 어깨를 쳤다. 수연이었다.

"어? 아니, 언니랑."

나는 고추장을 고르고 있는 언니를 가리켰다.

"고마웠어, 그때. 덕분에 그 스토커 놈 완전히 사라진 거 같아."

"인마, 그런 말은 입에 뭐 좀 넣어 주면서 해라."

"뭐 먹고 싶은데?"

"먹을 건 필요 없고, 나 영화 좋아하거든. 영화나 한 편 때려 주라."

수연이가 고개를 끄덕이며 활짝 웃었다. 처음 말을 나누었는데 오랫동안 알고 지낸 것 같은 편안한 느낌이 싫지 않았다.

영화를 보는 내내 수연이가 신경 쓰였다. 신경 쓰인다기보다 묘한 느낌이라고 해야 할까. 수연이는 영화를 보면서 내 손에 깍지를 끼거나 어깨에 기대거나 팔짱을 끼었다. 수연이 피부와 내 피부가 닿을 때마다 심장이 기분 좋은 반응을 보였다. 하마터면 연애하는 기분에 빠질 뻔했다. 이런 말도 안 되는 감정에 휘둘리다니. 아빠의 사랑을 받지 못한 채 성장한 10대 소녀의 애정 결핍이 이런 증상으로 나타나나 싶었다.

영화가 끝나고 햄버거 가게로 갔다. 우리는 창밖을 보며 나란히 앉았다. 수연이 얼굴 위로 오후의 햇살이 화사하게 퍼졌다.

"오토바이하고는 아는 사이야?"

"초등학교 동창이었어. 공부도 잘하고 괜찮은 애였는데, 특목고 실패 후 충격이 컸나 봐. 고등학교도 중퇴하고 막 나가더라고."

"별로 이쁘지도 않은데 남자애들이 왜 널 좋아라 하는지 모르겠다."

나는 햄버거를 입에 한가득 문 채 짐짓 비아냥거리듯 말했다.

"들이란 글잔 빼. 복수가 아니라 단수니까."

수연이가 얼굴을 붉히며 쌜쭉하게 대답했다.

"누가 얼음 공주 아닐까 봐, 톡 쏘긴. 하긴 어떤 남자애가 그러더라. '튕기지 않으면 맛이 나나, 맛이.' 쳇, 진짜 재수 없지 않냐? 여자가 탱탱볼도 아니고. 어쨌든 남자들이 너한테 왜 그렇게 목을 매는지 알 거 같다. 보호 본능을 일으키는데다 탱탱볼처럼 튕기는 매력까지."

"너도 매력 있어. 남자애들이 너 같은 스타일 무지 좋아해."

"남자한테 매력을 풍기느니 개 앞에서 재롱을 떨겠다."

"푸후후, 그럼 넌 개랑 결혼하겠네?"

수연이는 나와 개의 결혼식을 상상하는지 배를 잡고 한참

웃었다. 눈물까지 찔끔거리며. 생각보다 참 단순한 애다. 복잡한 내게는 이런 애가 에너자이저가 될 수도 있겠지.

"그런데, 진짜 남자한테는 관심 없어? 사랑받고 싶다거나 보호받고 싶다고 생각해 본 적 없어?"

눈물을 찍어 내며 수연이가 물었다. 사랑? 보호? 참 거리감 느껴지는 단어다. 남자한테 그딴 거 받고 싶은 생각 따윈 추호도 없다. 남자처럼 이기적인 종자가 제대로 된 사랑이나 할 줄 알까.

"하긴, 뭐. 넌 여자애들한테 인기 많잖아. 부러워."

수연이는 여자애들이 왜 자기를 재수 없어 하는지 모르겠다며 금방 시무룩해졌다. 어떤 무리를 두고 하는 말인지 알 것 같았다. 험담이나 따돌림을 심심풀이 땅콩 먹듯 해 대는 무념 무개념의 존재들. 어디에나 꼭 있는 그런 애들이 우리 학교에도 있다.

"네 잘못 아냐. 찌질이들 신경 쓰지 마."

"그런 말 해 준 거 네가 처음이야."

"감동 먹었구나. 팬 목록에 한 명 추가해야겠군."

예전에도 그런 적이 있었지만, 오토바이 사건 이후로 책상 속은 조용할 날이 없었다. 아침에 등교하면 편지와 함께 초콜릿이나 선물이 들어 있는 날이 많았는데, 누가 넣어 두었는지 도무지 알 수 없는 것도 있었다. 편지에는 멋있다거나 설렌다

거나 친해지고 싶다는 등 오글거리는 낱말들이 오글오글 굴러다녔다.

아들 없다는 푸념을 입에 달고 사는 아빠 덕분이라고 해야 하나. 초등학교를 입학할 무렵, 아빠에 대한 반항과 인정받고 싶은 욕구 사이에서 내 마음은 시소를 타고 있었다. 하루는 남자아이들과 뛰어놀다 뒤통수에 꽂히는 시선에 고개를 들었다. 아빠가 나를 보고 있었다. 흐뭇하고 대견해하는 눈길, 한 번도 보여 준 적 없던 표정. 그때부터 나는 소꿉놀이 대신 축구를 했고, 피아노가 아닌 태권도를 배웠다.

나는 아빠의 평소와 다른 눈길을 붙잡아 두려다 도를 넘기도 했다. 지렁이를 잡아 여자아이들을 놀라게 하거나 나무에 올라갔다 떨어지는 위험천만한 행동들. 초등학교 3학년 때는 둘째 언니를 괴롭히는 5학년 오빠에게 돌을 던져 머리를 피투성이로 만든 적이 있었다. 그때 아빠는 야단 한 번 치지 않고 기분 좋게 치료비를 대 주었다.

"아참, 너네 형부 진짜 경찰 청장이야?"

"큭큭큭. 순진하긴, 그걸 믿냐?"

"아냐? 그럼 동영상 찍었다는 건?"

"그것도 뻥이지, 바보야!"

수연이가 웃음을 터뜨렸다.

"너 진짜 별종이다. 아! 나 점점 너한테 빠져드는 것 같아."

수연이가 콧소리를 냈다. 비음 섞인 수연이의 목소리는 진짜 명품이다. 수연이가 내 팔에 매달려 어깨에 머리를 기댔다. 두근. 심장이 미친 게 틀림없다. 여자인 수연이한테 왜 이러지?

"남자를 하등 동물이라고 생각하는 이유가 아빠 때문인가요? 아들 없다는 푸념을 해서? 그 정도로 남자도, 아빠도 싫어하는 건 좀 심한 거 아닌가요?"

백색왜성이 물었다. 노골적으로 드러나는 불쾌한 말투. 쳇, 가재는 게 편이다 이건가? 아무튼 백색왜성과는 지난주부터 삐거덕거려 은근 신경 쓰인다.

흔히 그렇듯 내가 세상에 나와 처음 알게 된 남자는 아빠였다. 늘 술에 취해 있고, 책임감이라고는 눈곱만큼도 없고, 기분 내키는 대로 행동하고 말하는 남자. 게다가 까다롭기는 기네스북감이다.

"아빠 오셨다."

내가 아직 힘이 없을 때, 두 언니 중 누군가 그 말을 하면 우리는 우르르 방으로 몰려가 숨었다. 엄마는 사냥꾼에게 쫓기는 짐승처럼 허겁지겁 딸들 등을 떠밀었다. 어서 너희들 방으로 가 조용히 있어. 때론 장난기 많은 둘째 언니가 도망치는 우리 뒤에서 킥킥대며 놀렸다.

"뻥이야. 속았지롱."

그럼 엄마는 가슴을 쓸어내리며 말했다.

"너 그런 거짓말하면 아빠 진짜 화나서 오신다는 거 몰라?"

물은 항상 위에서 아래로 흐르는 것처럼 그게 세상의 법칙 중 하나인 줄 알았다. 오지 않았는데 왔다는 거짓말을 하면 그 거짓말이 귀가하는 사람의 감정에 영향을 미쳐 화가 나게 만드는 법칙. 결국 아빠가 화내는 이유는 언니의 거짓말 때문이라고 생각했다.

그날은 둘째 언니가 장난도 치지 않았는데 며칠 만에 집에 온 아빠가 거칠게 벨을 눌렀다.

"빨리 문 열어."

아빠는 문을 열어 주는 엄마를 쏘아보며 비틀거렸다. 말끔하게 차려입은 양복에선 시큼한 술 냄새가 풍겼다. 초등학생이었던 언니들은 인사만 하고 쪼르르 방으로 들어갔다. 그때 나는, 언니가 거짓말도 안 했는데 화를 내는 아빠를 보며 어긋난 상황을 파악하느라 그냥 거실에 있었다.

"목욕탕 같이 갈 아들 하나 없으니 사는 게 재미가 없어, 재미가."

아빠는 텔레비전을 보며 투덜거렸다. 겨우 목욕탕 가려고 아들을 낳다니. 아빠의 불만은 없는 것과 못하는 것에 있다.

있는 것과 잘하는 것은 그게 뭐든 시시할 뿐이다. 우리가 모두 아들이었으면 딸 타령을 하면서 트집을 잡았을 거다.

아빠가 텔레비전을 보는 동안 엄마는 서둘러 라면을 끓였다. 라면 하나도 아빠 입맛에 딱 맞추어야 하기 때문에 물의 양과 시간을 정확하게 재야 했다. 엄마는 외아들인 아빠가 너무 귀하게 큰 게 문제라고 했다. 대학물까지 먹은 사람이 기본 생활 습관 하나 제대로 익힌 게 없다고. 쓰레기와 담뱃재를 아무 데나 버리는 건 일상이고, 벗은 옷은 동선을 따라 바닥을 굴러다니는 데다 밥 먹은 후 식탁은 얼마나 지저분한지. 정말 어이가 없는 건 지금도 할머니가 우리 집에 오면 가시 바른 생선 살을 아빠 수저 위에 올려 준다는 거다. 아빠는 짝퉁 대학물을 먹은 게 틀림없다.

라면 국물을 모두 해치우고, 거하게 트림까지 한 아빠가 소리쳤다.

"너희들 다 나와 봐."

언니들이 곧 거실로 나와 나란히 섰다.

"만약 아빠랑 엄마랑 헤어지면 누구랑 살 거야. 같이 살고 싶은 사람한테 가서 서 봐, 어디."

어린 내가 보기에도 참 유치했다. 아마 언니들도 그렇게 생각했을 거다. 하지만 생각과 몸이 항상 같이 움직이지는 않는 법인가 보다. 두 언니가 쭈뼛거리며 아빠 쪽으로 갔다. 나는 엄마에게도, 아빠에게도 갈 수 없었다. 실은 엄마한테 가고 싶었다. 엄마는 아빠만 보면 사자 앞에 생쥐처럼 숨소리도 못 내지만, 그렇게 나약해 보이는 엄마라도 내게는 세상 전부였으니까. 하지만 그러면 엄마가 괴롭힘을 당할지도 모른다는 생각에 잠시 계산을 하고 서 있었다.

아빠가 나를 노려보았다. 너 죽었어 하는 눈으로. 나는 오기가 생겨 숙였던 고개를 빳빳이 들었다. 그리고 나도 아빠를 노려보았다. 절대 안 죽어 하는 눈으로. 그러고는 획 돌아서서 방으로 들어가 문을 쾅 닫아 버렸다. 그 뒤는 뻔했다. 아빠의 고함과 욕설, 깨지고 부서지는 소리, 언니들의 비명, 어서 방으로 피하라는 엄마의 외침, 승자 없는 전쟁. 그건 걷잡을 수 없이 커져 버린 심술보가 남긴 슬픈 결과였다.

나는 불도 켜지 않은 방 귀퉁이에 쪼그리고 앉아 빨리 어른이 되길 기도했다. 어른이 되어 힘이 생기면 엄마와 언니들을 아빠한테서 구해 줄 거라 다짐하면서. 그런 내게 첫째 언니가 말했다.

"아빠가 원하는 대로 하면 조용히 넘어갈걸 왜 불난 집에 부채질하고 난리야, 쬐그만 게."

가끔 내 심술은 엄마를 향하기도 했는데, 나는 왜 친구네처럼 이혼을 하지 않느냐고 투정을 부렸다. 엄마는 그럴 때마다 정색을 했다. 우리들이 다 자라 결혼할 때까지 절대 이혼은 하지 않을 거라고. 우리가 아빠 없는 자식이라고 손가락질당할까 봐 꾹 참고 사는 거라고. 엄마가 겪었던 아픔을 우리까지 겪게 하고 싶지 않다고. 그래도 그렇지, 내 결혼식 날까지 기다리라니. 그건 엄마 나이가 된 나를 상상하는 것보다 더 상상하기 힘든 미래였다. 그깟 손가락질이 뭐가 무섭다고.

집에 있는 날보다 수연이와 함께 있는 날이 많아졌다. 나는 늘 점퍼에 짧은 커트 머리를 한 채 야구 모자를 쓰고 다녔다. 마른 체형에 빈약한 가슴 위로 점퍼를 걸쳐 입으면 셜록 홈즈도 여자란 증거를 쉽게 찾지 못할 거다. 그런 내가 항상 나풀거리는 치마나 레이스 옷을 즐겨 입는 수연이와 같이 다니니 커플로 보이는 건 당연할지도 몰랐다. 한 번은 도서관 입구에서 이어폰을 꽂은 채 수연이를 기다리고 있는데, 누군가 내 등을 톡톡 쳤다.

"저기, 잠깐만요. 그쪽이 제 이상형이라…… 전부터……."

"어, 제 여자 친구 저기 오는데. 빨리 사라지지 않음 후회할걸요. 성질이 장난 아니거든요."

여자아이는 수연이를 보더니 모래를 파고드는 게처럼 순식간에 숨어 버렸다. 수연이는 내 이야기를 듣고 폭소를 터뜨리며 바닥을 데굴데굴 굴렀다.

학교에 이상한 소문이 돌기 시작했다. 수연이와 내가 레즈비언이라는. 둘이 모텔을 들락거린다는. 소심한 수연이 때문에 수연이의 집에서 만날 때 이외에는 동네를 벗어나야만 했다.

팔짱을 끼고 걸었던 거리, 도서관에서 머리를 맞대고 속삭이던 순간, 아무도 없는 수연이네 집 식탁 가득 펼쳐진 교과서, 문제집, 참고서들. 수연이와 함께한 모든 시간과 공간과 사물들이 초콜릿처럼 달콤하게 느껴졌다.

하지만 마음 한곳에서 자꾸만 시비를 거는 감정. 그게 비정상적인 성정체성인지, 죄책감인지 알 수 없었다. 수연이를 좋아, 아니 사랑하기 때문에 생기는 불편함일까? 같은 여자를 사랑하는 건 동성애고, 동성애는 죄악이라서? 누가 만든 죄악인데? 조물주? 모든 만물을 수컷과 암컷 딱 두 종류만 만들어 놓고 둘이서만 결합하라고, 그래서 종족을 퍼뜨리라고, 종족을 퍼뜨리는 것만이 자신이 세상을 창조한 이유라 강요하는 건가? 남자는 반드시 여자와, 여자는 반드시 남자와만 사랑을 해야 한다니…….

세상은 음과 양으로 분리된다. 남자와 여자, 어두움과 밝음, 행복과 불행, 강자와 약자, 지배자와 피지배자. 하지만 어둠 속에도 밝음이 있고, 강자 마음속에도 약한 구석이 있는 거 아닌가. 세 종류, 네 종류, 혹은 더 많은 다양한 성을 만들었다면 성차별이란 말은 아예 만들어지지 않았을 거다. 이분 법적인 세상의 규칙을 증명이라도 하듯 수연이와 함께 있어 행복한 만큼 마음 깊은 곳에서부터 자라고 있는 불안감. 그건 동전의 양면처럼 행복의 반대편에서 나를 벼랑 끝으로 밀어 내고 있었다.

수연이라서 좋은 건데. 다른 남자애들처럼 예쁘거나 애교 가 있거나 튕기는 맛 따위의 성적 매력에 끌린 게 아니라 그 냥 수연이의 모습 그대로를 사랑하게 된 건데. 어쩌면 이런 게 진짜 사랑 아닐까?

갑자기 다영이가 학교에 나오지 않았다. 연락도 되지 않았 다. 하루, 이틀, 사흘, 나흘……. 시간이 흐를수록 교실은 술 렁이기 시작했다. 반 아이들은 돈을 떼였다며, 도둑년이라 며, 처음부터 계획적이었다며 다영이에 대한 험한 말들을 쏟 아 냈다. 다영이는 거의 모든 애들한테 만 원, 이만 원, 많게 는 십만 원까지 돈을 빌렸다. 나도 물론 빌려주었다. 험담은 이상한 소문으로 번져 갔다. 다영이가 임신을 했다고 했다. 아기를 지우기 위해 수술 비용을 마련한 거라고 했다. 사귀는 오빠가 있단 건 알고 있었지만 그런 일까지 저지를 만큼 무 모한 앤 아닌데. 무슨 사정이 있겠지. 사고라도 났나? 연락할 수 없는, 학교에 오지 못하는 아주 심각한, 아니면 그 반대의 아주 멋진 일이 일어난 건지도 몰라. 나는 다영이가 빨리 돌아오기만을 바랐다.

산부인과에서 다영이가 나오는 걸 봤다는 둥, 배가 부른 걸 보면 유산을 하지 못한 것 같다는 둥, 사귀던 오빠가 도망치듯 유학을 갔다는 둥. 다영이에 대한 소문이 끊임없이 이어졌지만 내 눈으로 확인하기 전에는 아무것도 믿을 수가 없었다. 다영이는 두 달이 지나도록 학교에 나오지 않았다.

아침 조회 시간, 담임 눈이 퉁퉁 부어 있었다.

"너희들, 제발 몸조심 좀 하고 다녀. 여자, 남자한테 무슨 일 생기면 여전히 이 사회는 무조건 여자한테 손가락질하잖아. 무슨 말인지 알아들어? 남자 친구를 사귀더라도 좀 영리하게 사귀라는 거야. 결국은 우리 같은 여자들만 손해 본다고. 그리고 교복 좀 줄여 입지 마. 그러면 예뻐 보이니? 수업 시간에 짧은 치마 입고 다리 벌리고 앉아 있는 너희들 보면 남자 선생님들이 무슨 생각 할 거 같아? 선생님이라고 다를 것 같아? 다 똑같아, 남자 선생님들끼리 모이면 무슨 얘기가 오가는 줄 알아?"

담임은 차마 그 뒷이야기를 하지 못하고 한숨을 푹 쉬고는 교실을 나갔다.

그날 오후, 다영이가 학교에 왔다. 자퇴 수속하러 온 거라고, 지금 엄마랑 자퇴서 쓰고 있다고 반장이 말했다.

6교시 수업이 끝나고 창밖을 내다보고 있는데 학교 중앙

통로에서 다영이가 나오고 있었다. 난 다영이를 향해 뛰어갔다. 수업 시간까지 2분도 채 남지 않았지만 헛소문이라는 걸 내 눈으로 확인하고 싶었다.

"다영아!"

다영이 발이 멈추었다. 하지만 날 돌아본 건 다영이 엄마뿐이었다. 다영이는 뭔가에 쫓기듯 교문을 향해 걸음을 재촉했다. 내 눈은 옆으로 보이는 다영이 배로 향했다. 빨리 걷느라 일으킨 바람이 교복 치마 위로 솟아오른 다영이 배를 드러냈다. 이럴 수가! 헛소문이 아니었어. 다리에 힘이 탁 풀렸다. 사소한 일에 자꾸 짜증 내고 예민하게 구는 걸 보면서도, 오빠와 헤어졌다며 죽고 싶다고 우는 걸 보면서도, 속이 불편하다고 가슴을 쳐 대고 하루 종일 꾸벅거리는 걸 보면서도 왜 난 눈치조차 못 챘는지……. 어깨를 축 늘어뜨린 채 쫓기듯 사라져 간 다영이의 마지막 모습이 잊히질 않았다. 다영인 어떻게 되는 걸까? 앞으로 제대로 숨 쉬고 살아갈 수 있을까. 부모님에 대한 죄책감, 사회의 삐딱한 시선, 또래와 함께할 수 없는 외로움을 어떻게 견뎌 낼까. 잿더미로 변해 버린 다영이 미래에 대한 걱정과 다영이를 저렇게 만들고 버린 짐승 같은 남자를 저주하느라 나는 오래도록 웃을 수 없었다.

그래도 남자에 대한 불신을 바닥까지 떨어뜨리지 않게 하는 존재가 있었다. 형부. 유머 감각 있고, 다정다감하고, 성실하고, 낙천적인 형부는 남자에 대해 긍정적인 생각을 갖게 하는 유일한 사람이었다. 형부가 큰언니 이야기를 할 때나 큰언니를 바라볼 때 나는 사랑으로 반짝이는 형부의 눈을 보았다. 눈은 마음의 창이라는 말을 형부를 통해 확인했다. 형부를 보며 나는 나 스스로를 위로했다. 남자라고 다 나쁜 놈만 있는 건 아니라고. 내가 갖고 있는 게 정말 편견이라면 어쩌면 형부처럼 남자에 대한 편견을 깨 줄 좋은 남자가 어딘가에 또 있을지 모른다고. 그런 남자가 내가 알고 있는 것보다 더 많았으면 좋겠다고.

"만약 내가 결혼하면 형부 같은 남자랑 할 거야."

내 말에 형부는 기분 좋게 웃곤 했다. 비음 섞인 낮은 웃음소리가 참 듣기 좋았다. 아, 그런데⋯⋯

큰언니가 7개월 된 조카를 안은 채 커다란 짐 가방을 들고 집으로 왔다.

"나 이혼할 거야."

엄마와 둘째 언니는 눈만 동그랗게 뜬 채 아무 말도 하지 못했다.

"무, 무슨 소리야, 갑자기. 형부 같은 사람이 어디 있다고?"

따지며 묻는 내 말에 큰언니가 무너질 듯 주저앉았다.

"그 인간 바람피웠어."

아무도 숨소리조차 내지 못했다. 숨이 멎을 것만 같았다. 엄마가 겨우 감정을 추스르며 떨리는 목소리로 말했다.

"남자들 다 그래. 한 번 실수했다고 이혼하면 이 세상 부부들 제대로 사는 사람 하나도 없어."

"이번이 처음이 아니야. 결혼해서 지금까지 나한테 들킨 것만 벌써 세 번째야. 다 거짓이었어. 행복한 척한 거, 나한테 잘해 주는 척한 거, 나도, 그 사람도 다 거짓이었다고."

큰언니가 엉엉대고 울었다. 가슴속에서 너무 오래 묵어 이제는 썩어서 악취가 나는 상처를 눈물로 다 흘려버리기라도 하듯. 나는 그동안 큰언니가 꾸며 낸 겉모습만 보고 언니의 행복을 단정 지었을 뿐이었다. 입은 웃고 있어도 눈은 우울했고, 형부를 칭찬하면서도 표정은 굳어 있던, 어색함 뒤에 가려진 진짜 얼굴이 그제야 보였다. 외줄을 타는 것 같은, 말로 표현할 수 없는 위태로운 감정이 얼핏 느껴질 때조차 형부한테 문제가 있으리라곤 전혀 생각하지 못했다.

잠을 잘 수가 없었다. 어쩌면 언니가 느낀 배신감보다 내가 느낀 배신감이 더 클지도 몰랐다. 며칠 후 형부한테서 전화가 왔다. 형부는 할 이야기가 있으니 밖에서 만나자고 했다.

주말의 패스트푸드점은 시끌벅적했다. 형부는 나를 보더니 입술을 실그러뜨리며 어색하게 웃었다. 차분하게 이야기를 이끌어 가는 내내 억지스런 웃음을 지어 보였지만, 순간 순간 난감한 눈빛과 굳은 입술은 나의 레이더를 피하지 못했다. 처음에는 논리적으로 자신의 심정을 풀어내는 형부에게 공감할 뻔했다. 고개까지 끄덕일 정도로. 그런데 이야기를 듣다 보니 대화의 대부분은 형부의 억울함과 희망 사항이었다. 형부의 희망 사항은 당연히 언니의 귀가였고, 그럴 수 있도록 언니와 식구들을 설득해 달라는 거였다. 언니가 받았을 상처 따위엔 아랑곳 않는 형부의 태도에 또 한 번 실망하고 말았다. 심장에 불꽃이 일면서 심술이 스멀스멀 기어 올라왔다. 셰이크는 왜 이렇게 단지. 나는 감정을 억누르며 종이컵에 담긴 셰이크를 빨대로 마구 찔러 댔다. 살얼음마저 녹아 버리자 패스트푸드점 입구에서 받은 학원 홍보지를 접었다 폈다 하며 괴롭혔다. 뻣뻣한 질 좋은 종이는 작게 접을수록 쉽게 접히지 않았다. 탄성 강한 스프링처럼 자꾸 튀어올랐다.

"막내 처제랑 마음이 제일 많이 통했잖아. 그러니 부탁해."

"제 입심이 제일 세서 부탁하는 거겠죠."

순해 터진 엄마와 언니들은 싸울 일이 있거나 아빠 모르게 처리할 일이 생기면 나를 찾았다. 아빠도 나한테만큼은 함부로 하지 않았다. 형부도 그쯤은 알고 있었다.

"어쨌든 지금은 안 만나. 깨끗이 정리했다니까. 믿어 줘."

"사귀지도 않았다면서 뭘 정리했다는 거죠?"

형부는 당황한 표정으로 대답을 얼버무렸다. 얼마 전까지만 해도 내 멘토가 되어 준다 어쩐다 하더니 자기 문제에 대해서는 안개 속인가 보다. 한심하기 짝이 없었다. 자꾸만 반항하는 홍보지를 완전히 눌러 납작하게 만들려던 순간, 탁! 힘 조절을 못한 손가락이 반쯤 남은 셰이크 컵을 쳤고, 날아간 셰이크 컵은 형부 바지를 정통으로 때렸다. 그것도 민망한 부위를.

"윽! 이게 뭐야."

형부의 비명 소리에 사람들 눈길이 쏠렸다. 휴대 전화만 들여다보고 있던 어린아이들이 식탁까지 두드리며 깔깔거렸다. 게임보다 더 깨알 같은 재미를 느낀 모양이었다. 타이밍 절묘한 신의 한 수! 갑갑했던 속이 뻥 뚫리는 것 같았다.

"막내 처제, 이, 이걸 어쩌지?"

"괜찮아요, 셰이크가 너무 달아서 버리려던 참이었거든요."

울상이 된 형부를 두고 패스트푸드점을 빠져나오려다 다시 돌아섰다. 아무래도 신의 한 수치고는 정도가 약하다는 생각이 들었다.

"형부는 사막 한가운데서 기를 쓰고 올라오려는 싹을 밟아 버렸어요. 언니가 용서한다 해도 전 용서하지 않을 거예요, 절대로!"

마무리로 냉소 한 방을 날려 주었다. 이제 통쾌하고 후련한 기분을 만끽할 차례였다. 하지만 그 반대였다. 쓴 위액 같은 기분이 역습을 가했다. 눈물을 참느라 목구멍이 따끔거렸다.

"혹시 너도 이상한 편지 같은 거 받았어?"

화창한 일요일, 슬슬 졸음이 몰려올 때쯤 뜬금없이 수연이가 물었다.

"편지? 무슨 편지?"

"아무것도 아냐. 우리 월미도 갈래?"

수연이랑 함께 있을 수 있다면 난 언제든, 어디든 좋다. 우리는 잽싸게 가방을 챙겨 들고 도서관을 나섰다.

월미도에 도착했을 때는 해가 조금씩 지고 있었다. 수연이와 나는 바다와 하늘이 보이는 곳을 골라 같은 방향을 바라보고 앉았다.

"옛날에 소녀가 살고 있었어."

"옛날얘기 해 주는 거야? 크흐흐. 어릴 때 할머니한테 듣고 처음이다, 야."

수연이는 오래전부터 들려주고 싶었다며 분위기를 잡았다. 낭만이란 단어가 우리 주변에 둥둥 떠다녔다. 오글오글. 닭살 돋는 소리가 들리는 것 같았다.

"소녀는 바닷가 외딴 마을에서 태어나고 자랐어. 바다는 놀이터였고, 친구였지. 외로운 소녀는 바다를 사랑했어. 바다도 소녀를 사랑했고. 소녀는 그림을 그리기 시작했지. 잔잔한 바다, 파도치는 바다, 해가 뜨는 바다, 노을 지는 바다……. 그러던 어느 날, 소녀는 병이 들고 말았어. 온갖 약을 다 써 봤지만 병은 더 깊어질 뿐이었지. 소녀도 자신에게 다가온 죽음의 그림자를 느꼈어. 그래서 기도했지. 다시 태어나면 늘 바다를 볼 수 있는 존재로 태어나게 해 달라고. 소녀는 얼마 후 죽고 말았어. 소녀가 떠나자 바다는 슬픔에 잠겼어. 하루하루가 너무 길고 지루하고 의미 없게 느껴졌지. 얼마 후 신은 소녀의 기도를 들어주었어."

"갈매기가 됐겠네?"

수연이가 고개를 저었다.

"하늘이 되었어. 하늘은 언제든 바다를 볼 수 있잖아."

"아, 그렇구나."

"소녀를 그리워하며 슬픔에 잠긴 바다가 어느 날 문득 하늘을 봤어. 그런데 하늘이 자기와 같은 빛깔로 바다를 내려다보고 있는 거야. 바다는 소녀를 느꼈지. 하늘이 말했어. 넌 나를 통해 아름다운 너를 볼 수 있을 거야. 슬프면 슬픈 모습 그대로, 기쁘면 기쁜 모습 그대로, 아프면 아픈 모습 그대로 내게 보여 주렴. 너와 같은 내 마음을 네게 비춰 줄게. 그 후 하늘과 바다는 서로 마주 보며 행복해했대."

수연이가 하늘을 올려다보았다. 그윽한 눈길로. 나도 따라서 하늘을 보았다. 바다에 퍼지는 붉은 노을이 그대로 하늘에 물들고 있었다. 수연이가 속삭였다.

"바다를 담은 하늘은 언제나 아름다워. 너와 내가 바다와 하늘 같은 친구였으면 좋겠어. 슬플 때도, 기쁠 때도, 아플 때도 똑같은 마음으로 서로 바라볼 수 있는."

"그럼 네가 하늘 해라. 난 그림엔 영 소질이 없거든. 야, 근데 바다에도 무지개가 뜨냐?"

"글쎄, 무지개는 왜?"

"그냥."

수연이는 알고 있을까? 무지개가 무엇을 상징하는지. 동성 간의 애정, 비정상적인 감정, 금지된 사랑. 몰라도 상관없다. 인간이 만들어 낸 규정 따위에 우리 감정을 얽매이게 하고 싶지 않으니까. 바다와 하늘처럼 서로를 있는 그대로 받아 주고 이해하는 것, 그게 인간이 할 수 있는 가장 순수한 사랑 아닐까. 수연이도 나와 같은 생각을 하고 있다는 확신이 들자 하나둘 떠오르는 별들이 나를 향해 빛나고 있는 것 같았다.

"나올래? 중요한 일이 있어."

며칠 후 걸려 온 수연이의 전화에 엄마가 맡긴 집안일도 접어놓고 뛰어 나갔다.

"인사해, 내가 말한 바다. 그리고 얘는 내 남친."

수연이의 말은 커다란 바윗덩이가 되어 나를 덮쳤다.

"얘, 얘기 많이 들었어요. 바다와 하늘 같은 친구라고. 저, 저는 선우 빈이라고 해요."

소처럼 겁먹은 커다란 눈, 깡마른 몸, 떨리는 목소리, 도저히 테스토스테론*이라고는 흐르지 않을 것 같은 외모, 게다가 수줍은 웃음까지……

"완전 꽃미남이지?"

나는 대답 대신 머리부터 발끝까지 비어 보이는 빈이라는 애를 훑어봤다. 나랑 눈도 못 마주치고 자꾸 머리카락을 만지작거리는 모습. 확 짜증이 났다.

"너한테 제일 먼저 소개해 주는 거야. 어때? 우리 정말 잘 어울리지?"

하나도 안 어울려. 잘못 맞춘 퍼즐 그림처럼 너무 어색해.

"주문하신 팥빙수 나왔습니다."

팥빙수가 내 앞에 놓이자마자 비비지도 않고 한 숟가락 듬뿍 퍼서 입에 쑤셔 넣었다.

"얼마나 됐어? 사귄 지."

시선을 팥빙수에 고정한 채 내가 물었다.

"오늘부터 사귀기로 했어. 한 달 전인가 내가 이상형이라며

---

*남성 호르몬.

174

사귀고 싶단 편지가 매일 오는 거야. 봉투엔 보낸 사람도 없이 달랑 내 이름만 써서. 처음에는 장난인 줄 알았지. 그런데 어제 저녁, 얘가 장미꽃 한 다발을 들고 우리 집 앞에 서 있는 거 있지? 완전 감동이었어. 난 이렇게 부드럽고 낭만적인 남자가 좋아."

수연이는 두 손을 모으고 남자 친구에게 기대며 행복하게 웃었다.

"미안. 나 가 봐야 해."

나는 그대로 일어나 밖으로 나왔다.

네 옆은 항상 나였는데, 앞으로도 그럴 거라 생각했는데, 10년 후에도, 20년 후에도 네 옆엔 늘 내가 있을 거라 믿었는데, 너도 그렇게 생각하는 줄 알았는데, 그래 주길 바랐는데, 바다와 하늘처럼 넌 또 다른 내가 될 수 있을 거라 믿었는데……. 모든 감각들이 제멋대로 휘청거렸다. 거칠게 뛰는 맥박은 뾰족한 바늘이 되어 손가락 끝부터 발가락 끝까지 찔러대는 것 같았다. 찌푸린 채 잔뜩 내려앉은 하늘은 더 이상 아름답지 않았다.

잠깐의 적막. 침묵을 깬 건 줄곧 입을 다물고 있던 상담 선생님이었다.

"어…… 그러니까 아마존의 문제는 성정체성에 대한 고민과 이별의 상실감인가요?"

그런 것 같다. 상담 선생님이 말문을 열자 아이들의 입도 바빠졌다.

"뭔가 착각하는 거 아닌가요? 그냥 수연이란 친구를 많이 좋아하는 건데, 남자에 대한 거부감 때문에 스스로를 동성애자로 몰아가는 거 같아요. 우리 학교에도 보이시한 애가 있는데 인기 엄청 많아요. 그렇다고 걔를 좋아하는 애들이 다 동성애자는 아니죠."

피오나. 너야말로 착각하는 건 아니겠지. 나한테 선물 공세를 퍼부었던 애들을 몽땅 동성애라고 한 적은 없는데.

"동성애가 왜 죄가 되죠? 사랑이란 감정은 개인적인 선택이고 감정인데. 남한테 피해 주는 거 아니면 비난받을 이유가 없잖아요. 그러니까 동성애가 정상, 비정상으로 판단할 문제는 아닌 거죠."

잃어버린 섬. 흥분했는지 목소리 톤이 높고 말투도 도전적이다. 나도 그 의견에 동조한다. 그런데 세상도 그럴까?

"그리고 아들 선호 사상은 구세대 유물 아닌가요? 우리 아빠 삼대독자면서도 저보다 누나를 더 예뻐하는데. 뭐, 누나가 애교도 많고 공부도 잘하니까요. 사고 치기 전에도 전 늘 찬밥 신세였다니까요."

흥분이 좀 가라앉은 잃어버린 섬.

"아마존이 남자들로부터 받은 상처가 정말 컸을 것 같아요. 특히 믿었던 형부마저 배신했을 때는⋯⋯. 저 같아도 남자가 싫어졌을 거예요. 그런데 남자 연예인이 멋있다고 생각해 본 적 없었어요? 있다면 성정체성에 대한 고민은 안 해도 될 거예요."

나무늘보. 물론 호감 가는 남자 연예인이 있기도 했다. 드라마 속 백마 탄 왕자를 연기하는 연예인. 하지만 난 판타지를 말하는 게 아니다.

"남자라고 다 그런 건 아닙니다. 사람은 자기가 보고 싶은 것만 보고, 믿고 싶은 대로 믿는다고 하잖아요. 저는 오히려 아마존의 욕심이 상처를 낳은 건 아닌가 싶네요. 제가 혜령이를 소유하고 싶어 했던 것처럼요."

백색왜성. 그럴까, 정말? 뭐, 그럴지도. 하지만 인정하려니 마음이 쓰리다. 사랑은 어느 정도의 소유욕을 동반하는 거 아닌가. 으! 복잡하다.

"진짜 사랑하는 사람을 만나면 달라질 겁니다. 말괄량이 카타리나처럼 예뻐지고 여성스러워지고 부드러워질 거예요. 물론 허스키한 목소리는 안 변하겠지만, 매력일 수도 있죠."

헤라클레스.

"혹시 셰익스피어의 '말괄량이 길들이기'에 나오는 카타리나를 말하는 건가요? 그 작품은 완전 밥맛이에요. 성차별과 여자에 대한 편견으로 가득 찬 내용이 21세기에도 갈채를 받다니. 에니악*이 발명되기 전에 멸종시켰어야 했어요."

"셰익스피어가 과연 그런 의도로 썼을까요? 엘리자베스 1세 여왕이 집권하고 있던 영국에서? 저는 오히려 셰익스피어가 남자보다 여자를 더 빛나게 만들었다고 생각해요. 『베니스의 상인』에서도 여자가 남자보다 더 진취적이고, 매력적이고, 문제 해결력도 뛰어나잖아요."

아! 생각해 보니 일리 있는 주장이군. 이참에 셰익스피어 작품에 등장하는 여자 캐릭터를 연구해 볼까. 어이구, 앓느니 죽지.

오늘 들은 말 중 귀에 가장 강하게 꽂힌 말은 피오나가 한 말이다. 피오나는 청소년 회관 문을 나설 때 머뭇거리며 말했다. 쥐도 겨우 알아들을 만큼 작은 목소리로.

"사실은 나도 중1 때 언니랑 똑같은 고민에 빠진 적이 있었어. 아까 말한 보이시한 애만 보면 가슴이 떨렸거든."

피오나처럼, 이 터널을 지나고 나면 수연이를 잊고 평범한 사랑을 할 수 있을까. 아니, 신부될 남자를 사랑했던 피오나도 평범한 사랑이라고는 할 순 없지. 그러고 보면 사랑은 모두 특별할지도 모른다. 그래서 사랑과 우정의 농도를 정확히

---

*1946년 발명된 세계 최초의 전자식 컴퓨터.

측정하기란 불가능하겠지. 감각으로 느껴지는 측정값과 보이지 않는 참값 사이에 발생하는 오차조차 선명하지 않으니. 불가능을 인정하는 순간, 절망과 혼란으로부터 자유로워질 수 있지 않을까. ♣

6. 잃어버린 섬 이야기

─짜이 찌엔, 짜이

"오늘은 실연 극복 프로젝트 마지막 시간입니다."

상담 선생님 말에 아이들이 "아!" 하고 맥 빠지는 소리를 냈다.

"이제 겨우 친해졌는데."

"계속하면 안 돼요?"

피오나와 나무늘보다. 헐, 뭘 계속하자는 거지? 설마 실연 이야기를 또 하자는 건가? 나는 여자애들의 의도를 헤아리려다 그만두었다. 집을 나설 때부터 수만 가지 생각이 머릿속을 들락날락하는 판국에 다른 애들 뇌까지 해독할 여유는 없었으니까. 모두들 편안한 표정으로 아쉬운 분위기를 즐기고 있는데 내 얼굴만 초긴장 상태다. 게다가 여섯 번의 모임 중 반을 뚝 잘라먹은 터라 이 분위기가 여전히 낯설기만 하다. 상담 선생님이 나오라는 신호를 보냈다. 꼴깍. 마른침을 삼겼다.

"솔직히 말해서 전 실연의 아픔 때문에 여기 온 게 아닙니다."

목소리가 갈라져 나왔다. 완전 쪽팔려. 헛기침으로 목소리를 가다듬었다.

"사랑은 아직 시작도 하지 않았거든요. 시작은 한 건가? 아무튼 다른 사람의 실연 경험이 제겐 성공 묘책이 될 수도 있잖아요."

"뭐야!"

여자아이들이 동시에 외쳤다. 아차, 너무 솔직했나 보다.

오랜 시간 나는 겨울 달팽이처럼 딱딱한 껍질 속에 숨어 있었다. 하지만 누군가 내 주변을 맴돌며 지켜보는 느낌, 그 느낌이 싫지 않았다. 음…… 말하자면 환절기의 비를 맞는 느낌이랄까. 메마른 땅을 촉촉하게 적시는 봄비 말이다.

"아니면 또 하나의 과제를 해결할 밑밥이라도 얻어야 하고요."

환절기를 통과해 새로운 계절과 만나려면 딱딱한 껍질을 벗어야 한다. 그것이 나의 과제다.

"시간이 좀 모자랄 것 같은데……."

"그럼, 중간에 5분만 휴식하고 질문과 의견은 마지막에 나누도록 하겠습니다."

순식간에 정적이 흘렀다. 아이들은 침묵으로 들을 준비가 되었다 말하고 있었다. 진공의 순간이란 이런 것일까. 모든 시간과 공간이 텅 비고 기억 속 시곗바늘만 거꾸로 흐르고 있었다. 달팽이 껍데기에 숨어 있던 부끄러운 내 모습과 마주해야 하는 고통스런 순간. 시간은 거기 어디쯤에서 멈췄다.

1.

비행기가 활주로를 벗어나 공중으로 날아올랐다.

"그래. 간다, 가. 내가 다시 돌아오나 봐라."

나는 작은 창으로 멀어지는 땅을 내려다보며 주먹을 내밀었다. 그러다 사시랑이처럼 얕은 한숨을 내뱉으며 앞 의자에 이마를 기댔다. 엉킨 실타래처럼 꼬여 버린 인생이 명치끝에 걸려 있었다. 숨을 쉬어도 숨이 막혔다. 이 땅만 벗어나면 그 사건과 아무 상관없이 살 수 있을 거란 억지 희망을 떠올려 봐도 답답한 건 마찬가지였다.

다시 창밖을 보았다. 어느새 꽤 높이 올라왔는지 구름이 저 아래 깔려 있었다. 계획도, 의욕도 없이 부모와 학교로부터 떠밀려 무작정 떠나고 있는 초라한 내 모습과 힘차게 날아가는 비행기가 대조를 이루었다. 분명한 목표 지점을 향해 날아가는 비행기가 부러웠다.

　2.

　"잘 왔단 말은 못하겠다만 오긴 왔으니, 여기선 사고 치지 말고 중국말이나 제대로 익혀서 돌아가라. 될 수 있으면 빨리."

　고모는 뚱뚱한 몸이 버거운지 수없이 자세를 바꾸며 말했다. 솟구치는 짜증을 억지로 참고 있는 게 목소리에 고스란히 묻어났다. 소파에 앉아 있는 폼이 공기를 가득 채운 공 같았다. 구부정하게 말고 있는 둥그런 등을 톡 치면 통통통 굴러갈 것 같단 생각을 하며 나는 피식 웃었다.

　"웃어? 지금 웃음이 나와? 너 내가 여기 청도 땅에서 얼마나 영향력 있는 사람인지 알기나 해? 내 얼굴에 먹칠하는 일 저지르면 가만 안 둘 줄 알아."

　"교장 선생님, 설매 왔슴다."

　앞치마를 두른 아줌마가 고모 말이 끝나길 기다리다 극도로 공손하게 말했다.

　"들어오라고 해요."

　아줌마가 고모보다 10년은 더 나이 들어 보이는데, 명령조에 하대하는 말투다.

　"인사해라. 너 중국말 가르칠 선생이다."

선생이란 말에 나는 아줌마를 따라 들어온 여자를 훑어보았다. 촌스런 단발머리, 화장기 없는 까만 얼굴, 커다란 두 눈. 몸은 피죽도 못 먹었는지 깡마르고 키도 중학생만 하다. 나보다 한두 살은 어려 보였다. 나는 인사도 없이 고개를 돌려 버렸다. 고모가 못마땅한 얼굴로 혀를 차더니 설매란 여자에게 말했다.

"저 끝 방이 이놈 방이다. 말 안 들으면 나한테 바로 말해."

설매가 대답 대신 고개를 숙여 인사하고는 고모가 가리킨 쪽으로 갔다. 나는 탁자에 놓인 견과류를 오물거리며 딴청을 피웠다.

"뭐하고 있어? 빨리 가서 공부하지 않고."

"지금요? 이제 막 도착했잖아요."

고모는 들은 척도 안 하고 골프 모임에 늦겠다고 투덜대며 아줌마를 불렀다. 아줌마가 골프 가방을 들고 총총대며 달려왔다.

"에이씨, 짐도 안 풀었는데."

구시렁거리며 방으로 들어가는 내게 고모가 소리쳤다.

"참, 난 지저분한 거 딱 질색이다. 집 안에 들어올 때는 신발이랑 옷에 붙은 먼지 탁탁 털고 들어와."

첫날부터 쏟아지는 고모의 잔소리에 질려 한숨을 푹 내쉬며 방으로 들어갔다. 방에는 침대 하나, 옷장 하나, 책상 하나가 전부였다. 컴퓨터도 없었다.

"앉아요. 시간 지났어요."

온갖 인상을 쓰고 있는 나를 보며 설매가 말했다. 나는 의자에 털썩 앉아 다리를 꼬았다.

"무슨 매라고?"

"설매입니다. 오설매."

"큭큭. 이름 참 끝내주는군. 근데 너 몇 살이냐?"

설매가 눈을 치켜뜨고 나를 올려다보았다.

"반말하지 마십시오. 전 선생입니다. 나이는 스무 살입니다."

"뺑치고 있네. 열일곱? 열여섯?"

탁. 설매가 책상 위에 책을 던지듯 내려놓으며 물었다.

"인사말 정도는 알죠? 한번 해 보세요."

"흐흐. 얘가 날 뭐로 보고. 니 하오잖아, 니 하오."

"틀렸습니다. 성조가 하나도 안 들어갔잖습니까."

제법 날카로운 목소리에 나는 순간 움찔했다.

"서, 성조? 그게 뭔데."

"책 펴십시오."

선생, 아니 설매는 한 시간 반 동안 숨 쉴 틈도 주지 않고 진도를 나갔다. 당장 뛰쳐나가고 싶었지만, 고모한테 밉보이면 용돈 한 푼 보내 주지 않겠다는 엄마의 엄포 때문에 참을 수밖에 없었다.

"중국 놈들은 구강 구조가 죄다 이상한 거 아냐? 나같이 정상적인 구강 구조를 가진 사람한테 어떻게 그런 소릴 내라는 거야?"

"내일까지 성조 정확하게 익히고, 단어 열 개, 문장 다섯 개 외워 오세요."

설매가 책에 단어와 문장을 표시하며 말했다.

"형, 형 왔어?"

자갈돌 굴러가는 듯한 목소리와 함께 문이 벌컥 열렸다. 준혁이었다.

"수업 끝났으니까 들어와요."

설매 말투가 나긋하고 상냥했다. 웃음이 담긴 눈이 제법 예쁘다는 생각을 하며 나는 설매를 힐끔거렸다. 그러다 "혀엉……." 하는 볼멘소리를 듣고서야 눈을 돌려 준혁이 머리를 쓰다듬었다.

"야, 너 많이 컸네. 6학년인가?"

"어. 키는 안 크고 몸만 컸어."

그러고 보니 3년 전보다 몸이 두 배로 불어난 것 같았다. 고모, 준혁이 그리고 이혼한 고모부가 만나면 완벽한 곰 세 마리 가족이다. 그래도 준혁이가 까칠한 고모 성격을 닮지 않아 다행이다. 준혁이는 내가 짐 정리하는 동안 옆에 꼭 붙어서 계속 좋알댔다.

"형, 중국이 얼마나 좋은지 알아? 난 죽을 때까지 중국에서 살 거야."

"뭐가 좋은데?"

"먹을 거 진짜 많아. 별거 별거 다 있다. 형, 전갈 꼬치구이 먹어 봤어? 진짜 맛있는데."

준혁이는 코앞에 전갈 꼬치구이가 있는 듯 입맛을 쩝쩝 다셨다.

고모는 저녁을 먹는 내내 잔소리를 해 댔다. 아무 생각 없이 놀고먹으려고만 하는 인간을 제일 경멸한다느니, 고모부 인생처럼 되지 않으려면 이제라도 정신 차리고 공부하라느니, 사람은 지배를 하며 살아야지 지배를 받으면 안 된다느니 하는 이야기에 짜증이 난 나는 젓가락을 던져 버리고 싶었다. 하지만 그러기에는 음식들이 너무 맛있었다. 절대 미각이라 자랑하는 고모가 주방 아줌마를 1년 동안 교육시킨 결과라고 했다. 고모는 잔소리할 거리가 떨어졌는지 갑자기 준혁이의 미국 유학 계획을 늘어놓았다.

"아들! 유학 자금 마련은 잘 해결될 거야. 그러니 공부만 열심히 해."

"뭐야, 지난주까지만 해도 불가능할 거 같다며?"

"불가능도 가능하게 하는 게 엄마잖니. 학교 도서 구입 건이 아주 순조롭게 진행되고 있으니 기다려."

"그게 내 유학 자금과 무슨 상관이야?"

"그것까진 알 필요 없고. 엄마는 무슨 수를 써서라도 널 성공시킬 거니까 아무 걱정 말고 어서 밥이나 먹어."

준혁이는 시무룩한 얼굴로 갈비탕 국물을 떠먹었다. 고모는 준혁이 표정에는 아랑곳 않고 흐뭇한 눈으로 준혁이를 보며 말했다.

"아들! 엄마 믿지?"

준혁이는 무겁게 고개를 끄덕였다.

3.

월요일부터 금요일은 중국 학교에서 공부했다. 중국말을 하나도 못 알아듣는 나는 낮잠을 자거나 낙서를 하며 시간을 때웠다. 중국 선생님도, 아이들도 나 같은 한국 학생들한테 익숙한지 별로 관심을 두지 않았다. 그나마 토요일, 한국의 교과목을 가르치는 한글 학교에서는 친구들과 말이라도 통해 숨통이 트였다. 설매도 같은 고2 수업을 듣고 있었다.

"스무 살이라며? 고딩 수업은 왜 듣는데?"

수업이 끝난 후 교실을 돌며 청소하는 설매에게 시비조로 물었다. 아무 대꾸도 없었다.

"여기서도 아르바이트하냐? 한국에서 돈 안 보내 줘?"

여전히 대꾸가 없었다. 교무 회의를 마친 선생님들이 회의실에서 우르르 몰려나왔다. 그 틈에 고모도 있었다. 고모 말대로 한글 학교 교장인 고모는 청도에 있는 교민들 사이에서 나름 유명 인사였다.

중국에 온 한국 사람들은 무엇보다 자녀 교육이 가장 큰 걱정이었다. 대부분이 몇 년, 혹은 그 이상 머무를 예정이거나, 중국에 정착해 살더라도 한국에 있는 대학을 보낼 계획이라 한국 교육 시설이 무엇보다 절실했다. 고모는 온갖 방법을 동원하여 교민들을 설득했다. 그리고 결국 영사관의 후원과 교민들의 공동 투자로 한글 학교를 세웠다. 학교에 얽힌 고모의 열정은 신화처럼 부풀려져 한동안 집안 어른들의 입에 끊임없이 오르내렸다.

설매가 복도로 나와 지나가는 선생님들한테 일일이 인사하고는 회의실로 들어갔다. 나도 따라갔다. 집에 가기도 싫고, 마땅히 갈 곳도 없고, 아침부터 고모한테 잔소리를 들어 기분도 꿀꿀해서 누구한테 시비라도 걸고 싶었다.

"후아…… 장난 아니군."

선생님들이 빠져나간 교무실은 그야말로 난장판이었다. 복사용지에 섞인 쓰레기, 엎어진 커피 잔, 뚜껑과 몸통이 따로 굴러다니는 풀, 흐트러진 책상과 의자…….

설매는 익숙한 듯 쟁반에 컵을 모으더니 책상 위에 의자를 얹기 시작했다.

"뭔 일 났었냐? 교무실이 왜 이래?"

여전히 아무 말도 없다. 나는 의자 없는 걸 도와줄까 하다 왠지 그러기도 어색해 바닥에 굴러다니는 과자 봉지를 슬쩍 발로 찼다.

"유치원부터 다시 다녀야 하는 거 아냐? 명색이 교사라는 인간들이 이게 뭐냐, 이게. 안 그러냐?"

슬쩍 설매 표정을 보며 물었다. 설매는 무표정하게 구석에 있는 사물함을 열고 빗자루 꺼내 비질을 했다.

"에이씨! 왜 자꾸 사람 말을 씹어, 짜증 나게."

그제야 설매가 나를 돌아봤다. 설매는 입을 살짝 일그러뜨리다 어이없다는 듯 눈길을 돌리며 다시 비질을 시작했다. 설매 목덜미가 점점 벌겋게 달아오르고 있는 게 보였다. 비질하는 손도 떨렸다. 힘이 빠졌다. 저런 여자애한테 화풀이나 하는 내 자신이 한심했다. 짜증스럽게 앞머리를 쓸어 올리며 맥없이 교실을 나서려는 순간, 콰다닥하는 소리가 들렸다. 반사적으로 고개가 돌아갔다. 설매 모습이 보이지 않았다. 교실 안으로 들어가 주위를 살폈다. 의자 하나가 교실 바닥에 나동그라져 있었다. 그 옆에 주저앉아 있는 설매가 보였다. 고통스러운지 발등을 부여잡고 있었다. 낑낑 강아지 신음 소리를 내며.

"뭐야, 괜찮아?"

"참견 마세요."

설매가 나를 밀어냈다.

"다쳤잖아. 좀 봐."

"됐다고요. 제발 그냥 나가 줘요."

"뭐야, 너 성깔 대박이다."

설매가 싸늘한 눈으로 나를 노려보았다.

"내가 우스워요? 조선족이라서?"

"조선족? 너 조선족이었어? 말투는 완전 한국 사람인데."

내가 표정 없이 대꾸했다.

"한국 갈 거니까, 한국에서 성공할 거니까, 성공해서 보란 듯이 한국 사람들 깔보면서 살 거니까. 그래서 어릴 때부터 한국 사람 말투 흉내 냈어요. 당신들한테는 그것도 우스워요?"

설매가 일어나 다시 의자를 올렸다. 이를 악물고 있는 걸 보니 발등의 통증도, 가슴의 통증도 참고 있는 것 같았다. 나는 멍하니 서서 한국에 있을 때 식당에서 들리던 낯선 말투를 떠올렸다. 식당 말고는 조선족을 만난 적이 없으니 우습게 생각할 기회도, 관심도 없었다.

4.

"문장 외워 보세요."

설매가 펜을 들고 말했다.

"워, 워스 중궈 더, 더."

설매는 내가 하는 말을 화이트보드에 써 나갔다.

"계속해요."

"씨엔 성……. 에이씨, 몰라. 그 많은 문장을 어떻게 다 외워. 설마 이 책 한 권을 다 외우게 하려는 건 아니지?"

"맞아요. 한 권이 아니라 다음 단계 책도 줄줄 암기할 수 있어야 돼요."

"차라리 날 안드로메다로 보내 줘!"

내가 벌떡 일어나 설매에게 얼굴을 바짝 들이밀었다. 몸을 뒤로 빼는 설매 얼굴이 빨갛게 달아올랐다.

"그, 그래서 안 하겠다는 거예요?"

"안 하긴. 해야지. 그래야 네가 돈 벌어서 한국 사람 깔보면서 살지."

설매가 짐짓 태평스럽게 말하는 나를 쏘아보다 중얼거렸다.

"머리에 쓰레기만 찼다더니, 진짜 한심해서……."

"뭐? 쓰레기? 아, 이거 완전 스타일 구겨지네. 이래 봬도 내가 한국에 있을 땐 짱이었거든. 선생조차 나 함부로 건드리지 못했다고."

설매가 펜을 내려놓고는 가방을 챙겼다. 쓰레기란 말에 자존심이 상한 나는 속으로 뜨끔했지만 못 본 체하며 무심히 앉아 있었다. 그런데 막상 설매가 방문을 열자 화들짝 놀라 엉거주춤 일어서며 설매 팔을 잡았다.

"지, 진짜 가려고?"

"나와요, 야외 수업하게."

"야외 수업? 좋지!"

웬 떡이냐 싶었다. 그렇잖아도 몸이 근질근질하던 참이었는데.

고모가 감시한답시고 말도 안 통하는 중국인 기사와 승용차를 항시 대기시켜 놓았으니 열 보 이상 걷는 일이 거의 없었다. 때문에 조만간 보기 좋게 자리 잡힌 근육질 몸이 물렁한 두부살로 변할까 봐 위기감을 느끼던 참이었다.

전원주택 단지 주변은 바다의 경치와 어우러져 꽤나 낭만적이었다. 탁 트인 하늘과 바다를 보자 꽉 막혔던 숨까지 트이는 것 같았다. 잔디밭 사이로 잘 다듬어진 길을 걸으며 집들을 기웃거렸다. 앙증맞게 꾸며진 울타리와 파스텔 톤의 벽과 지붕들은 안데르센 동화책 속에 들어온 것 같은 느낌을 주었다.

"1897년에 교안 사건이 있었어요. 독일인 선교사 두 명이 산동성에서 피살되었죠. 그 사건을 계기로 독일이 청도를 점령하면서 맥주 공장을 세우고, 유럽식 건축 양식을 남겼어요."

"어쩐지……. 아, 그래서 청도 맥주가 맛있었군. 말 나온 김에 그 유명한 청도 맥주 한 잔 어때?"

"세상 돌아가는 게 우습지 않아요? 두 사람 목숨을 대가로 땅을 빼앗다니……."

내 말을 무시한 설매가 괘씸한 생각이 들었지만 꾹 참으며 대답했다.

"그래도 뭐, 덕분에 이런 수준 높은 건축법을 배웠잖아."

"사람보다 건축이 더 가치 있는 건 아니죠. 게다가 기득권자들의 무책임한 정책은 이 땅에 살고 있었던 사람들의 삶까지 바꿔 버렸어요. 그들은 아무 잘못도 하지 않았는데, 죄값을 치르고 노예가 되어 버린 거예요."

골치 아픈 이야기는 딱 질색인데 하면서도 나는 그 말을 입 밖에 내지 않았다. 그냥 듣는 둥 마는 둥 딴청을 피우며 설매 뒤를 졸졸 따라갔다.

"조선족들도 마찬가지죠."

말끝을 흐리는 설매의 말이 내 귀에 여운을 남겼다. 그동안 또박또박 야무지게 설명했던 말의 진짜 의도를 알 수 있을 것 같았다. 늘 무표정한 얼굴 뒤에 가려진 설매의 슬픔과 분노가 심장 깊숙이 박히는 느낌이었다.

설매의 발걸음이 느슨해졌다. 갑자기 달라진 질척한 바닥의 느낌과 오물 냄새에 내 발걸음도 저절로 느슨해졌다.

"아, 이게 뭐야. 더러운 시장은 왜?"

해안가 주변의 별장 같은 집과는 달리 서민들이 사는 곳은 낡고 지저분했다. 나는 축축하고 더러운 재래시장 바닥을 내려다보며 투덜거렸다. 설매는 시장 사람들에게 일일이 웃으며 인사했다. 상인들이 설매를 어떻게 생각하는지는 그들의 표정에서 고스란히 드러났다.

"오늘은 과일 이름과 물건 살 때의 언어를 배울 거예요."

설매가 시장 안쪽 과일 파는 곳으로 가며 말했다. 나도 뒤꿈치를 들고 어기적거리며 따라갔다. 설매는 과일 하나하나를 가리키며 이름을 알려 주었다.

"핑궈, 리즈, 쥐, 시앙과, 타오즈, 펑리, 시앙지아오."

"땅덩이가 커서 그런지 중국 과일은 엄청 크군."

나는 과일을 손으로 훑다 줄기 달린 앵두 하나를 집어 들었다.

"와, 알이 커서 먹을 맛 나겠는걸."

못마땅한 눈으로 나를 주시하던 상인이 중국말로 뭐라고 하자 설매가 "뚜에부치, 뚜에부치" 하며 고개를 숙였다. 그 틈에 나는 앵두에서 줄기만 톡 떼어 냈다. 설매는 내 팔을 잡아 끌고 시장을 나왔다.

"파는 과일을 그렇게 주무르면 어떻게 해요? 저 사람들한테는 저게……."

"너 이 줄기 입에 넣고 매듭지을 수 있어?"

내가 설매 말을 자르며 물었다. 그러고는 줄기를 입에 넣고 오물거렸다.

"뭐하는 거예요, 지금?"

설매는 불쾌한 표정을 지으면서도 내 입에서 눈을 떼지 않았다. 실실 웃음이 새어 나왔다. 잠시 후 묶인 줄기를 입에서 꺼내 설매 눈앞에 내밀었다.

"앵두 줄기를 혀로 매듭지을 수 있는 사람은 키스를 아주 잘한다는 옛말이 있거든. 한번 확인해 볼래?"

내가 느끼한 표정으로 입술을 내밀었다. 설매가 화들짝 놀라 붉어진 얼굴을 획 돌려 버렸다. 빠른 걸음으로 앞장서 가는 설매 뒤를 따라가며 나는 벌씬벌씬 웃어 댔다.

5.

"감히 니가 내 얼굴에 똥칠을 해?"

토요일 수업이 끝나고 승용차를 기다리며 1층 로비에서 어슬렁거리고 있는데, 고모의 고함 소리가 들렸다. 호기심이 발동한 내가 교장실 앞으로 다가갔다.

"책값은 분명 공금이잖습니까?"

설매 목소리다.

"감히 어디다 대고 말대꾸야! 그리고 할인해서 산 차액이 왜 공금이야, 그건 엄연히 내 능력에 대한 보상이라고. 그걸 교무 주임 앞에서 까발려?"

고모 목소리가 갑자기 작아졌다. 나는 문틈에 귀를 바짝 댔다.

"교무 주임님께서 이번에 들여온 도서 비용 내역을 보자고 하셔서 보여 드린 것뿐입니다."

"그럼 그냥 대충 꿰어 맞춰서 이해시키면 될 거 아냐? 그러고도 네가 한국 갈 수 있을 줄 알아?"

대충 감이 왔다. 한국 가는 일이 고모에게 잡힌 설매의 아킬레스건인 것 같았다.

문틈으로 설매 말소리가 흘러나왔다.

"신용을 가장 중요하게 여긴다고 하셨던 말씀 잘 기억하고 있습니다. 한국행에 대한 약속도 잊지 않으셨으리라 믿고요."

"허참! 너처럼 다스리기 힘든 조선족은 처음이다. 너 알지? 내가 여기 청도에서 나는 새도 떨어뜨릴 수 있다는 거."

조선 왕조 500년 시대도 아니고……. 나는 코웃음을 쳤다. 그러다 문득 고모가 도서 비용 어쩌고 하며 준혁이 유학 계획을 떠들어 댔던 게 떠올랐다. 몰래 엿듣고 있던 상황도 잊은 채 생각에 빠져 있는데 말랑한 것이 어깨에 닿았다.

"형, 뭐 해?"

준혁이가 내 귀에 속삭였다. 나는 얼른 준혁이 입을 막고 빈 교실로 끌고 갔다. 교장실 쪽에서 문이 닫히는 소리가 났다. 나는 교실 문을 열고 주변을 살폈다. 어깨를 축 내려뜨린 설매가 S자형 계단을 힘없이 올라가는 모습이 보였다.

"형, 설매 누나 좋아하는구나."

준혁이 등 뒤에서 말했다.

"아냐, 인마."

"난 좋아하는데······."

"아서라. 여자는 자고로 나긋나긋해야 매력이 있느니라. 저렇게 뻣뻣해서야."

나는 고개를 절레절레 흔들었다.

"형이 몰라서 그래. 나 처음에 중국 와서 무지 힘들었거든. 애들은 조그만 나라에서 왔다고 무시하지, 선생님이 하는 말은 하나도 못 알아듣겠지, 엄마한테 한국 가자고 졸라도 조금만 참으라고만 하지, 중국어 과외 선생님은 무섭지, 어휴······. 그러다 3개월쯤 지났을 때, 중국어 선생님이 내 머리가 돌머리라 못 가르치겠다고 하는 거야. 그때부터 설매 누나한테 배웠거든. 근데 중국말이 엄청 재밌는 거 있지. 아니, 처음에는 중국말이 재밌었던 게 아니고 학교에서 열 받는 일 있으면 누나한테 말하는 게 좋았어. 그때마다 누난 내 말 다 들어 주고 위로도 해 주고 친구 사귀는 법도 알려 줬어. 그러다 보니 중국말도 조금씩 재미있어지더라고. 난 설매 누나가 화내는 걸 본 적이 없어. 만약 천사가 있다면 그건 설매 누나일 거야."

화를 낼 줄 모른다는 말에 가슴이 답답해졌다. 예전의 내 모습이 떠올랐기 때문이다.

"우씨, 이제 막 중국 생활 재미 붙였는데, 이번엔 미국이라니……. 엄만 이혼하고 내 미래에 더 집착하는 거 같아. 형, 형이 나 미국 가는 거 좀 말려 주라, 응?"

"내가 무슨 수로."

새벽부터 시커먼 먹구름이 깔려 있더니 결국 비가 쏟아졌다. 나는 학교 앞에 대기하고 있던 승용차에 준혁이만 태워 보내고는 비를 맞으며 걸었다. 빗방울이 내 가슴속에 웅크리고 있는 상처와 분노처럼 성난 듯 내리꽂히고 있었다.

"이번이 마지막 수술이란다. 휴……. 수술비 대느라 허리가 휠 지경이야. 거기서라도 말썽 부리지 말고 잘 좀 해. 제발 부탁이다."

그날 아침, 전화기를 통해 들었던 지친 엄마의 목소리가 계속 귀에 울렸다. 수술이 성공한다 해도 정상 시력을 회복하기 어렵다고 했으니 죄의 굴레를 벗어나긴 힘들 것이다. 아무도 내 말을 믿어 주지 않았다. 그냥 사고였다고, 결코 의도하지 않았던 단순한 장난으로 생긴 사고였다고 몇 번이나 말했는데도 소용없었다. 나는 흐르는 눈물을 빗물로 감추며 내 삶을 엉클어뜨린 일을 떠올렸다.

'일곱 명의 한국 엘리트'라는 뜻을 가진 K7 아이들은 부모의 후원과 우수한 성적으로 학교의 특별 대우를 받았다. 그들 일곱 명은 자기들끼리만 어울리며 귀족 행세를 했는데, 유독 나를 맘에 들어 하지 않았다. 장난기 많은 내가 수업 분위기를 들뜨게 만들 때마다 경멸하는 눈으로 쏘아보곤 했다. 특히 초등학교 때부터 같은 학교에 다녔던 오양호는 체격이 좋고 제법 인기가 있는 나에 대해 질투의 감정을 품고 있었다. 그래서 그런지 비열하고 유치한 방법으로 나를 괴롭혔다. 가장 친했던 민수와의 사이를 이간질하고, 여자 친구를 가로챘다. 나는 그래도 그냥 웃어 주었다. 때론 부숴 버리고 싶을 만큼 화가 치밀어 올랐지만, 너그럽게 넘어가 주는 게 진정한 남자라고 스스로를 위로했다. 어쩌면 성적과 부모의 지위를 비교하며 열등감에 빠져 시비를 피했는지도 몰랐다.

그날따라 양호는 다정한 말투로 나에게 다가왔다.

"야, 비 오는 날은 왠지 라면이 땡기지 않냐?"

"그렇긴 하지."

"우리 집 비었는데 같이 가서 라면이나 끓여 먹을래?"

나는 다시 예전으로 돌아간 것 같은 기분에 흔쾌히 따라 나섰다.

라면을 끓이고 있는데 슬아가 왔다. 둘은 보란 듯이 내 앞에서 애정 표현을 하며 히히덕거렸다. 그래도 눈치를 보며 민망해하는 슬아의 표정에 위로를 받으며, 오랜만에 만난 슬아와의 분위기를 깨지 않으려 노력했다.

"잘 지내지?"

양호가 거실에서 핸드폰에 정신을 파는 사이 슬아가 속삭였다. 얼른 양호 표정을 살폈다. 양호는 듣지 못했는지 별 반응이 없었다. 나는 고개를 끄덕였다.

"미안해."

슬아가 말했다. 양호는 여전히 눈치채지 못한 것 같았다. 다행이다 싶은 생각에 라면을 입에 넣으려는데, 눈앞에 젓가락이 쑥 들어왔다.

"한판 할래?"

양호가 씩 웃으며 말했다. 그러더니 대답을 듣기도 전에 마치 칼싸움이라도 하듯 젓가락을 이리저리 휘둘렀다. 나도 젓가락을 들어 장단을 맞춰 주었다. 우리는 입으로 "쉭쉭, 쨍" 하는 효과음까지 내며 유치한 장난에 빠져들었다. 초등학교 3학년 때였던가. 칼잡이 주인공이 등장하는 드라마를 흉내 내어 한동안 즐겨 하던 놀이였다. 나는 늘 체격이 작은 양호에게 일부러 져 주었고, 양호는 그걸 알고 있으면서도 의기양양해하곤 했다. 내가 멋지게 회전을 하다 젓가락을 쭉 내민 순간, 양호가 미끄러지듯 나에게 달려들었다. 눈 깜짝할 사이여서 상황을 판단할 틈도, 젓가락을 거둘 여유도 없었다. 으악! 양호가 한쪽 눈을 손으로 감싸며 주저앉았다. 슬아는 깔깔거렸고, 나는 장난하지 말라며 어깨를 툭툭 쳤다. 그런데 양호 손가락 사이로 붉은 게 흘러내렸다. 슬아의 비명 소리와 양호의 악악대는 소리가 섞여 나는 정신을 차릴 수가 없었다.

"야, 이 새끼야. 빨리 구급차 불러!"

양호의 말에 전화기를 들고 번호를 누르고 주소와 상황을 알려 준 건 슬아였다. 빗속에 구급차가 떠날 때까지도 나는 현실이 아니라고, 악몽이 분명하다고 중얼거리며 고개를 흔들었다.

수술을 받았지만 양호의 눈은 시력을 회복하지 못했다. 그뿐 아니라 흉하게 변한 동공 때문에 짙은 색안경을 쓰고 다녀야 했다. 학교에서는 나를 문제아 취급했고, 나는 법정에까지 서야 했다. 양호의 외부 상처에는 많은 사람들이 안타까워했지만, 마음의 상처를 받은 나에게 관심을 보이는 사람은 아무도 없었다. 부모조차 죄인처럼 굽실거리며 사건을 처리하느라 한숨 섞인 원망을 늘어놓을 뿐이었다.

학년이 바뀌면 모든 상황이 예전으로 돌아갈 거라 기대했지만 사건의 꼬리표는 사라지지 않았다. 한 번 문제아는 영원한 문제아였다. 아무리 노력해도 문제아라는 낙인은 주홍 글씨처럼 지워지지 않았다.

내 삶을 처음부터 다시 시작하고 싶었다. 힘 있는 부모와 명석한 두뇌를 가진, 을이 아닌 갑의 인간으로. 그럴 수만 있다면 자살도 기회일 거라 생각했다. 하지만 내겐 죽을 용기조차 없었다. 한동안 자괴감에 빠져 있던 나는 가슴속에 있는 분노를 한꺼번에 터뜨렸다. 학교가 원하는 대로, 부모가 믿는 대로 그런 인간이 되리라 다짐하며 분대질을 쳤다. 말썽의 중심에는 늘 내가 있었다.

6.

바닷가에 도착했을 때는 다리가 꽤 아팠다. 바다 위를 헤매는 날개 젖은 갈매기가 애처로워 보였다. 갑자기 비가 멎었다. 아니, 내 머리 위만 비가 내리지 않았다.

"감기 걸려도 수업은 쉬지 않을 테니까 알아서 해요."

설매가 나를 올려다보며 말했다. 까치발을 들고 팔을 쭉 뻗어 우산을 받치고 선 설매 모습이 귀여웠다. 시계를 보니 수업 시간은 이미 30분이나 지나 있었다.

"엄마 보고 싶어서 그래요?"

"뭐어? 내가 어린애야?"

"내 눈엔 어린애처럼 보여요."

"내 참, 어이가 없어서. 내 어깨에도 못 오는 게. 우산 이리 줘."

설매는 순순히 우산을 내밀었다.

"오늘도 야외 수업 하자. 비 오는 날의 풍경을 주제로."

나는 설매의 어깨를 끌어당겼다. 설매는 야멸차게 손을 쳐 내면서도 순순히 따라왔다.

우리는 정문 앞에서 신원 증명 절차를 거친 후 전원주택 단지 철문을 통과했다. 잔디밭 사이로 난 돌길 틈으로 낯익은 야생화가 드문드문 피어 있었다. 어디선가 끙끙거리는 소리가 들렸다. 불빛 없는 2층 집 마당에 놓인 개집에서 나는 소리였다. 바람 때문에 개집 입구로 비가 들이치고 있었다. 내가 쪼그리고 앉자 설매도 따라 앉았다. 우리는 고개를 쭉 내밀어 안을 들여다보았다. 새끼 강아지 두 마리가 빗방울을 피해 어미 품을 파고들고 있었다. 나는 우산을 설매에게 맡기고 지붕 위에 있는 비닐로 입구를 가려 주었다.

"한국에는 왜 가려는 건데?"

옷자락 물기를 털어 내며 내가 물었다.

"역사학자가 되려고요."

"역사학자?"

"어릴 때부터 역사에 관심이 많았어요. 세상을 움직이는 힘의 정체에 대해서도 궁금했고요. 그러다 나를 포함한 조선 족들은 태어나면서부터 열등감에 빠져 있고, 한국인들은 태어나면서부터 조선족에게 우월감을 느낀다는 걸 알게 되었죠. 조선족의 비극은 역사가 만든 거잖아요. 집단 열등감과 집단 우월감은 조선족과 한국인 모두에게 치명적인 독이예요. 역사를 통해 열등감과 우월감의 실체를 증명할 수만 있다면…… 아니 반드시 그렇게 할 거예요. 그게 조선족의 잠재된 힘을 보여 주는 길이니까요."

나는 어느새 열정으로 달궈진 설매의 눈빛과 목소리를 감상하며 걷고 있었다. 설매는 금세라도 날개를 쫙 펴고 한국으로, 아니 세상을 향해 날아오를 것처럼 보였다. 열정에 사로잡혀 있는 설매의 모습이 부럽고 멋있어 보이는 반면, 현실 안주를 최고의 신조로 삼았던 나는 인생 다 산 늙은이 같다는 생각에 씁쓸해졌다.

"힘을 뭘 그렇게 어렵게 보여 줘. 내가 좀 가르쳐 줄까? 이래 봬도 이런저런 운동으로 다져진 몸이라 힘에 대해서는 일가견이 좀 있거든."

"언제까지 반말할 거예요? 그래도 엄연히 선생인데."

"글쎄. 난 근본적으로 선생을 별로 안 좋아해서 말이야."

"왜 자기 입장에서만 생각해요? 선생님들도 세혁 학생 같은 사람은 딱 질색일 거예요. 그 수많은 선생님들이 얼마나 골치 아팠을까."

설매의 말은 나의 깊은 상처를 건드리고 말았다.

"네가 뭘 안다고 까불어? 나야말로 너 같은 애 딱 질색이야. 뭐가 무서워서 화도 못 내는데? 열등감과 우월감의 실체를 보여 준다고? 네가 먼저 열등감에서 벗어나 보시지. 선생씩이나 돼서 교무실을 왜 돼지우리로 만드느냐고, 남의 인생을 빌미로 왜 사람을 갖고 노냐고 좀 따져 보시지? 잘 들어 둬, 이 찌질이 선생아! 화내야 하는 상황에서 화를 못 내는 건 미덕도 뭣도 아니야. 그냥 멍청한 거라고. 알아?"

가슴 깊은 곳을 무언가 훑고 가는 느낌이었다. 내 입으로 쏟아 낸 말들은 고스란히 부메랑이 되어 내게 돌아왔다. 눈물이 쏟아질까 하늘을 노려보며 입술을 깨물었다. 젓가락이 칼이었으면, 칼로 양호의 심장을 찔러 버리면 속이 후련할 것 같다고 느꼈던 한순간의 충동을 운명이 알아챘는지도 몰랐다. 오랫동안 나의 가슴속에서는 양호에 대한 열등감과 증오가 차곡차곡 쌓이고 있었던 것이다.

"아하, 너 우리 고모한테 약점 잡힌 거 있구나. 그렇지 않고서야 그런 대우를 받으면서 빌빌 길 수는 없지. 뭐 불륜이라도 저질렀냐?"

짝. 뺨이 얼얼했다. 하지만 왠지 가슴속이 시원해지는 것 같았다.

"꽤 센데?"

나는 설매에게 씩 웃어 보였다.

"그래. 그렇게 화를 내란 말이야. 부당하다고 생각되면 지금처럼 네 감정을 드러내라고. 그게 힘을 보여 주는 거야. 알았어? 오늘 수업은 여기서 끝."

나는 뒤로 돌아 한쪽 팔을 흔들어 보였다. 고여 있던 눈물이 툭 터졌다. 비를 뿌리는 구름만은 내 편인 것 같아 위로가 되었다.

집에 돌아온 후에도 역사 어쩌고 하며 조잘대던 설매의 얼굴이 눈앞에서 아른거렸다. 그 바람에 빗줄기처럼 퍼붓는 고모의 잔소리는 귀에 들어오지 않았다.

7.

한글 학교가 시끄러웠다. 1층 로비에서 와자지껄 떠들던 선생님들이 우르르 교장실로 몰려갔다. 오랜만에 뭔가 흥밋거리를 찾은 듯 늘 무료하고 심심해서 죽겠단 표정으로 수업을 하던 선생님들 얼굴에 생기가 돌았다. 나는 무심코 그 모습을 지나치다 왠지 불길한 예감이 들어 교장실 쪽으로 갔다.

"도서 구입 내역 확인이 왜 안 된다는 거죠?"

교무 주임 목소리다. 도서 구입 내역이라면……. 나는 고모가 아니라 설매가 걱정되었다.

"선생님들, 흥분 가라앉히시고 차분히 말씀하세요."

역시 고모다. 저 상황에서도 아주 당당하고 여유 있다. 순식간에 교무실이 조용해졌다.

"저는 한글 학교를 처음 세운 장본인이자 교장입니다. 이런 식으로 단체 행동을 하는 것은 저에 대한 예의가 아닙니다. 그리고 선생님들도 알다시피 한국에서 그 수많은 책과 참고서 그리고 필독서 등을 실어 오는 일은 그리 간단한 게 아니에요."

"그래서 차액을 챙기신 겁니까? 뭔가 이상해서 판매처에 확인해 보니 금액이 맞지 않더군요."

"허, 그렇게까지……. 좋아요, 이제 더 이상 감출 수가 없겠네요. 이번 도서 구입비 차액은 설매 유학 자금으로 들어갔습니다."

"그게 말이 됩니까?"

누군가의 날카로운 목소리와 선생님들의 웅성거림이 교장실 밖으로 흘러나왔다. 곧 조금도 주눅 들지 않은 고모의 고음이 웅성거림을 한 번에 잠재웠다.

"의심스러우면 설매한테 확인해 보세요. 저는 봉사하는 마음으로 이 자리에 앉아 있어요. 만약 교민들이 원치 않는다면 언제든 물러날 각오도 되어 있고요. 하지만 대부분의 사람들은 머지않아 이곳을 떠날 거고, 이 지역 상황을 제일 잘 알면서 평생 청도에 살 사람은 그리 쉽게 만나지 못할 거예요."

아빠는 왜 고모처럼 대응하지 못했을까. 만약 고모가 내 부모였다면 피해자와 가해자를 뒤바뀌게 만들었을지도 모른다. 이런저런 생각에 빠져 있는데 설매가 다가왔다. 내가 몸을 숨길 겨를도 없었다. 설매는 가슴에 서류 파일을 품은 채 상기된 표정으로 몇 번 심호흡을 했다. 굳은 얼굴로 나를 한 번 보더니 교무실로 들어갔다.

"마침 잘 왔다. 어쩔 수 없이 도서 구입비 차액을 네 유학비에 보탰다고 이야기했다."

나는 뭔가 이상하다 생각하며 귀를 기울였다.

"처음부터 공개적으로 줬어야 했는데, 네 입장도 있고 해서 이렇게 일을 처리했더니……. 어쨌든 선생님들 죄송하게 됐습니다. 선생님들도 설매 어려움을 알고 하니 이해해 주리라 믿습니다."

교무실 안에 정적이 흘렀다. 설매는 또 아무 말도 못하고 주눅 들어 있을 게 뻔했다. 더 이상 설매가 머저리같이 당하고 있는 걸 보고 싶지 않았다. 나는 문을 확 밀치고 들어갔다. 모든 교사들의 눈이 나에게 쏠렸다.

"고모! 그 돈 준혁이 유학 자금으로 빼돌린 거 다 알아요."

"뭐? 저, 저 자식이!"

"세혁 학생은 참견하지 마세요. 이 일은 제가 해결할 거니까."

내가 한 발을 더 들여놓으며 뭐라 말하려 하자 이번에는 설매가 눈빛으로 내 입을 막았다. 그러고는 차분한 목소리로 선생님들을 향해 말했다.

"제가 가지고 있는 이것은 우리 학교 비품 구매 내역입니다. 교장 선생님은 그동안 도서 구입 차액뿐 아니라 피아노, 컴퓨터 등 모든 비품 구입 차액을 사적으로 가져가셨어요."

설매가 서류 파일에서 복사된 용지를 꺼내 교사들에게 나누어 주었다. 잠시 후 교무실 안은 끓는 기름을 부은 듯 소란스러워졌다.

"선생님들, 설마 저 멍청한 조선족 애 말을 믿는 건 아니죠? 여기 이 장부가 정확한 것이니 확인들 해 보세요."

"교장 선생님, 그건 조작된 거잖아요. 그동안 실제 거래 내역과 영수증을 모두 보관해 두었어요. 사실 어떻게 보면 저도 공범이에요. 전 한국에서 공부를 하고 싶었고, 교장 선생님이 제 유학 관련 일을 진행해 오셨으니까요. 서로 약속한 적은 없지만 교장 선생님은 저의 한국행을, 저는 교장 선생님의 부정을 두고 서로 암묵적으로 거래를 해 왔던 거지요. 그런데 이제 더 이상 제 양심을 속일 수가 없었어요. 죄송합니다."

흥분한 선생님들의 고함 소리와 탄식 섞인 한숨이 학교를 들었다 놨다 했다. 그 틈으로 찢어질 듯 날카로운 고모 목소리가 들렸다.

"설매 너, 한국 가는 거 끝이야!"

8.

그날 이후 몇 주 동안 설매를 볼 수 없었다. 학교에서도, 집에서도. 고모는 며칠간 꿍꿍 앓아누운 채 방에서 꼼짝도 하지 않았다. 하지만 끼니 때마다 아줌마가 음식을 나르는 걸 보면 굶지는 않는 것 같았다. 나는 양호 수술이 어떻게 되었는지 궁금해 미칠 지경이었지만, 한국에 먼저 전화하지는 못했다. 혹시라도 잘못됐단 소리를 듣게 될까 봐 두려웠다. 그런데 그보다 더 나를 미치게 하는 건 설매였다. 송아지처럼 맑고 여린 두 눈이 아른거려 어떤 일에도 집중이 되질 않았다.

방 안에서 안절부절못하던 나는 집을 나섰다. 바다를 보아도 불안하고 답답한 마음은 풀리지 않았다. 이젠 혼자 다닐 용기가 날 정도로 중국에 적응이 되었지만, 승용차만 타고 다닌 탓에 걸어서 갈 수 있는 곳은 별로 없었다. 아, 시장. 시장은 혼자 갈 만했다.

시장은 여전히 복잡했다. 앵두는 끝물인지 상태가 별로 좋지 않았지만, 여전히 한국 앵두보다 큼직해서 먹음직스러워 보였다. 나는 앵두를 보며 빨개졌던 설매 볼이 생각나 피식 웃었다. 혹시라도 설매를 만날까 싶어 주위를 두리번거렸다. 하지만 설매는 코빼기도 보이지 않았다.

하릴없이 한 바퀴를 돌고 두 바퀴째 접어들 때였다. 한 할머니가 나를 향해 손짓을 하며 옆에 있는 아저씨에게 뭐라고 하는 게 보였다. 얼핏 설매라는 이름도 들렸다. 나는 쭈뼛거리며 할머니에게로 갔다. 뭔가 물어야 하는데, 중국말이 입안에서만 맴돌 뿐 밖으로 나오지 않았다. 이럴 줄 알았으면 열심히 공부할걸 후회가 됐다. 겨우 한마디 한다는 게 "설매, 짜이 나알?"이었다. 할머니가 고개를 갸웃거렸다. 다시 한 번 "설매, 짜이 나알?" 하고 성조를 생각하며 물었다. 그제야 할머니가 고개를 끄덕이며 뭐라고 한참을 이야기했다. 그런데 말이 너무 빨라 한 마디도 알아들을 수 없었다. 결국 포기하고 발길을 돌렸다.

집에 오니 고모가 외출 준비를 하고 있었다. 푹 쉬어서 그런지 얼굴이 더 뽀얘 보였다.

"네 엄마한테 전화 왔더라. 양혼지 야옹인지는 수술 잘됐다고 전해 주란다."

"네."

내가 시큰둥하게 대답하자 고모가 나를 흘깃 쳐다보았다.

"너도 이제 내가 만만해 보이냐? 그렇겠지. 하지만 말이다, 네가 아직 세상 물정을 몰라서 그렇지 치열하지 않으면 못 산다. 두고 봐라, 난 이대로 무너지지 않을 테니. 무슨 수를 써서라도 우리 아들 성공시키고 말 거다."

"고모는 준혁이를 사랑하는 게 아니라 성공에 대한 고모의 욕망을 사랑하는 거예요."

"뭐?"

"고모 말대로 제가 몇 년 살진 않았지만, 적어도 사람 밑에 사람 없고 사람 위에 사람 없다는 것, 남의 것을 빼앗으면 내 것도 언젠가 빼앗기고 만다는 것 정도는 알아요. 그리고 자기가 저지른 일을 피하기만 하면 결국 자기 굴레에서 영원히 벗어날 수 없다는 것도요. 저 한국으로 돌아갈래요. 실수였지만 제가 저지른 일, 더 이상 부모님한테만 밀어 두진 않을 거예요."

"허, 그러렴."

고모는 같잖다는 듯 말을 내뱉고는 신발을 신었다. 나는 무릎을 꿇고 고모의 바짓자락을 잡았다. 그 바람에 고모가 기우뚱거리다 현관 벽을 짚고 기대섰다.

"얘가 왜 이래? 기운 없어 죽겠는데."

"설매 한국에 보내 주세요. 부탁이에요, 네?"

"무릎 털어. 아줌마, 애 바지 좀 갖다 줘요. 집 안 더러워지겠네. 빨리요."

9.

통통한 손으로 준혁이가 눈물을 꾹꾹 찍어 냈다. 그러면서도 계속 주위를 두리번거리며 누군가를 찾았다.

"사내자식이 덩치값도 못하고 찔찔 짜긴. 혹시 아냐? 전갈 꼬치구이 먹고 싶어서 다시 올지. 그때 가서 귀찮다고 하면 안 돼."

"절대, 절대 그런 일 없어, 형."

양손을 저으며 말하는 모습이 귀여워 나는 준혁이 볼을 꼬집었다.

"근데 형, 우리 상해로 갈 거래."

준혁이가 어깨를 축 늘어뜨리며 말했다. 눈치는 채고 있었다. 고모 심장이 아무리 철판이라 해도 믿는 도끼에 발등 찍힌 사람들의 따가운 시선을 버티기는 힘들 것이다. 주위를 둘러보았다. 설매는 오지 않을 모양이었다. 실망한 표정으로 비행기 표를 꺼내려고 가방을 뒤지는데 낯익은 신발이 보였다. 설매였다. 준혁이 표정이 금세 밝아졌다.

"날 애타게 찾았다면서요?"

갑자기 나의 심장이 제멋대로 날뛰고 얼굴이 화끈거렸다. 하지만 날카로운 설매 말투 때문인지, 아니면 자존심 때문인지 말이 삐딱하게 나왔다.

"여긴 어떻게 알고 온 거야?"

"시장 사람들이 그러던데요? 돈이라도 뗐냐고. 인상 더러운 한국 남자애가 눈이 시뻘게져서는 날 찾아다녔다고."

준혁이가 당황한 나를 보며 장난스럽게 웃어 댔다.

"큭큭. 형, 빨리 말해."

"뭘."

"누나 좋아하는 거."

이래서 애들 입은 항상 조심해야 한다. 예측 불가능한 생각을 그냥 직구로 날려 버리니.

"시끄러, 인마. 누가 누굴 좋아해."

"참 이상해."

준혁이가 고개를 갸웃거리며 운을 뗐다.

"동물이나 음식이나 물건 좋아하는 건 안 그러면서 왜 사람 좋아하는 건 부끄러워해? 더구나 착한 누나를 좋아하는 건 당연한 건데."

"사람을 좋아할 때는 상대방과의 복잡한 관계와 그에 따른 감정도 생각해야 하고 주변 사람들도 인식해야 하니까, 표현에 대한 낯선 마음이 부끄러움으로 나타나는 게 아닐까."

"무슨 말인지 더 모르겠어, 누나."

"원래 사람을 좋아하는 감정이란 게 어려운 법이다, 짜샤."

내가 준혁이 머리를 흐트러뜨리며 말했다.

"난 그냥 좋아하는 건 좋아한다고 표현하고 살래."

설매가 진지한 표정으로 나를 보았다.

"난 인생을 목표 없이 낭비하며 사는 사람 싫어요."

"나 목표 있어. 아, 아니 지금부터 생각해 볼 거야."

설매가 웃음을 참느라 고개를 숙이며 입을 가렸다. 그러고는 가시 없는 말투로 시뭇거리며 말했다.

"비 오던 날, 잔디밭 걸을 때 알았어요. 세혁 학생은 참 좋은 사람이라는 걸."

"비 오던 날?"

"강아지 집 덮어 줬잖아요. 배려를 모르는 사람은 작은 거 보지 못해요."

나는 뭐라고 대꾸해야 할지 몰라 고개를 푹 숙인 채 바닥만 툭툭 찼고, 설매도 쿵쾅거리는 심장을 진정시키는지 어정쩡하게 서 있었다. 그러다 어색한 분위기를 깬 건 설매였다.

"어쨌든 뭐, 그래도 선생인데 잘 가라는 인사 정도는 해야 할 것 같아서요. 작별 인사가 중국말로 뭐죠?"

"짜, 짜이 찌엔."

"잘했어요. 짜이는 '다시', 찌엔은 '보자'라는 뜻이죠."

기분 탓일까. 설매가 '다시'란 말에 힘을 준 것 같았다. 부드러운 목소리와 입가에 퍼지는 작은 웃음은 봄날 피어오르는 아지랑이처럼 사랑스러웠다. '다시'란 말이 복선처럼 머릿속에 맴돌며 심장이 요동쳤다.

"지난번 일 고마웠어요."

"뭘……. 혼자서도 잘 할 수 있는데 내가 괜히 끼어들어서……."

"실은 세혁 학생 때문에 용기를 낼 수 있었어요. 양심의 가
책을 느끼며 괴로워만 했지 부딪힐 엄두는 내지도 못했거든
요."

설매가 손을 내밀어 악수를 청했다. 설매 손은 생각보다 거
칠고 단단했다. 부드러운 내 손이 왠지 그동안 나태하게 살아
온 인생을 드러내는 것 같아 부끄러웠다.

"저도 제힘으로 한국 갈 거예요. 서로 더 나은 모습으로 다
시 만나요. 짜이 찌엔."

"짜, 짜이 찌엔…… 짜이."

짝짝짝. 여기까지라는 내 말에 누군가 박수를 쳤다.

"설매 언니는 한국 들어온 거예요?"

박수 친 아이, 나무늘보가 말했다. 한 번도 본 적 없는 사람
한테 언니라니. 못 말리는 친밀감이다.

"아직. 쉽진 않겠지만 설매라면 꼭 해낼 거예요."

"한국에 들어온 이유 중 하나가 양호와의 감정적인 문제를
해결하려는 거 같은데, 맞나요?"

헤라클레스가 물었다.

"그게 첫 번째 과제죠. 한국을 떠날 때까지만 해도 분노와
억울하다는 생각밖에 없었어요. 애꾸눈이 된 양호를 상상하

면서 자업자득이니, 쌤통이니 하는 심술궂은 희열을 느꼈던 적도 있고요. 어쩌면 양호는 나보다 더 많은 것을 잃었을지도 모르는데 나는 내 상처가 더 크다며 얼간이처럼 굴었던 거예요."

"양호 눈은 어찌되었나요? 양호에게 찾아갔었나요?"

헤라클레스가 나를 궁지로 모는 느낌이다.

"아니요. 막상 한국에 돌아오니 마음이 자꾸 작아져서요. 양호는 보정 안경을 착용하고 있는데, 시력이 조금씩 회복되고 있대요. 실명이 되지 않아 다행이긴 하지만 정상 시력까지 회복되기는 어렵다고 합니다."

"지난 화요일에 일본에서 연락이 왔어요. 스즈키 할아버지께서 돌아가셨다고. 할머니도 저도 많이 울었죠. 할머니가 우시면서 제게 고맙다고 하시더라고요. 스즈키 할아버지를 만나지 못했다면 죽을 때까지 후회했을 거라고. 해 보지도 않고 후회하는 것보다는 하고 후회하는 게 나은 거 같아요."

피오나 말에 숙연한 분위기가 되었다. 내가 모르는 피오나의 사연에 모두들 공감하고 있었다. 아마존이 분위기를 제자리로 돌려놓았다.

"잃어버린 섬, 처음 시작할 때 긴장 많이 했죠? 헤헤. 다 보였어요. 지난주에 제가 그랬거든요. 저 같은 경우는 어찌 보면 커밍아웃한 거나 마찬가지잖아요. 얘기했다가 몰매 맞는 거 아닐까, 정신병자 취급당하는 거 아닐까 두렵기도 하고, 실연 프로젝트 신청한 게 후회도 되고. 하여튼 엄청 스트레스 받았거든요. 그런데 막상 끝나고 보니 괜한 걱정이었더라고요. 비행기가 길을 정확히 타는 이유는 자신의 위치를 알기 때문일 거예요. 하지만 우리는 비행기가 아니잖아요. 그러니 길을 잘못 들 수도 있고, 가다 되돌아올 수도 있고, 갈팡질팡할 수도 있는 거죠. 친구 야옹이 문제 잘 풀고, 설매라는 사람과 짜이 찌엔해야지요. 사랑도 하고.”

삶의 길엔 직선이 없기 때문에 갈팡질팡할 수밖에 없겠지. 하지만 그런 시행착오를 통해 나만의 길을 찾을 수 있을 거란 생각이 들었다. 어쩌면 지금까지의 고통은 내 한계를 극복할 수 있는 기회가 될 거란 기대와 함께. 그래서 모든 건 생각하기 나름이라는 건가. 아이들과 이야기를 주고받는 사이, 어떤 벽도 뛰어넘을 수 있을 것 같은 자신감이 생겼다. 진심으로 다가간다면 양호와의 관계를 가로막고 있는 벽까지도.

“한국에 돌아온 후의 학교생활은 괜찮은가요?”

나무늘보가 물었다.

“학교 안 다닐 건데요. 검정고시 준비할 거예요. 검정고시 통과하면 배낭여행을 해 보고 싶어요. 먼저 우리나라 전국 땅을 밟아 보고, 그 다음은 제일 가 보고 싶었던 북유럽과 중동 지역을 섭렵하려고요. 그 후에 군대를 갈지 대학을 갈지 유학을 갈지 결정할 거예요. 물론 부모님은 절대 허락하시지 않겠죠. 그러니 여행 비용만큼은 제힘으로 벌려고요. 이 프로젝트를 1년 안에 끝내려면 무슨 일이 있어도 검정고시를 한 번에 따야 하는데…….”

“우아! 멋져요. 잃어버린 섬, 파이팅!”

나무늘보가 한 손을 올리며 파이팅을 외쳤다. 그러자 다른 아이들도 덩달아 파이팅을 외쳐 주었다. 무슨 스포츠 경기도 아니고, 민망하게시리. 하지만 저절로 입가에 웃음이 맴돌았다.

‘진짜 멋진 남자가 될 테니 두고 보라고. 짜이 찌엔, 짜이!’

나도 속으로 파이팅을 외치며 다짐했다. 설매를 향해서.

“선생님! 오늘 마지막 날인데 뒤풀이 안 해요?”

“해도 많이 길어져서 아직 환해요.”

피오나와 나무늘보가 콧소리로 졸라 댔다. 환하긴, 태양의 꼬리가 살짝 남아 있을 뿐인데.

“좋습니다. 오늘은 제가 떡볶이 쏘겠습니다. 그전에 일단, 부모님께 허락받을 것!”

“우아!”

아이들이 환호성을 질렀다. 그들의 얼굴에 눈물 자국은 남아 있지 않았다. 계절처럼 잠시 빠져 있던 사랑이라는 마법, 실연의 아픔이라는 마법도 잠시 스치는 것인가 보다. 하지만 노력하면 사랑도, 사람과의 관계도 계절과 자연의 관계처럼 리듬을 맞춰 나아갈 수 있지 않을까.

상담 선생님이 다솜 교실 문을 활짝 열었다. 우리는 상담 선생님을 에워싸고 밖으로 우르르 몰려 나갔다. 혼자인 사람은 아무도 없었다. ♣

에필로그

텅 빈 교실에 앉아 있다. 아이들이 상처를 보여 주었던 곳, 웃고 울었던 곳, 싸우고 언쟁을 벌였던 곳, 의미 없던 일상에 숨결을 불어넣었던 곳. 이곳에서 아이들은 서로 안내자가 되어 주고 손을 잡아 주었다. 그들은 다시 일어설 에너지를 갖고 있었다. 그리고 새로운 길을 찾아 이미 걸음을 내딛기 시작했다.

"이별이 주는 선물, 진짜 맘에 들어요."
피오나가 다섯 명의 아이들을 가리키며 말하자 모두들 환하게 웃어 보였다. 밝고 평온한 웃음이 서로의 마음을 이어 주고 있었다.

"아직 실연 극복 프로젝트는 끝나지 않았어요. 한 사람의 이야기가 남았잖아요."

헤라클레스 말에 아이들의 눈이 모두 내게 쏠렸다.

"쌤! 다음 주에 만나서 들려주세요."

조금 전 아이들이 재잘거리던 목소리가 떠오른다. 기억을 떠올리는 것만으로 순식간에 교실이 가득 찬 느낌이다. 나무늘보, 피오나, 백색왜성, 헤라클레스, 아마존, 잃어버린 섬. 그들은 여전히 여기 있다. 한동안 그럴 것이다. 내가 기억하는 한. 그리운 것은 모두 시공간을 뛰어넘어 나와 가까이 있다. 너무 일찍 세상을 떠난 아버지 그리고 마음을 전하기도 전에 멀어져 버린 첫사랑도.

텅 빈 교실에 앉아 있다. 이 교실에 오기 전까지 계절이 두 번 바뀔 동안 나는 갈 곳이 없었다. 딱히 가야 할 곳도 없었다. 그래서 그냥 세 평 남짓한 방에만 있었다.

문이 열린다. 당직자가 열쇠를 흔들며 문 앞에 서 있다. 이제 나도 문을 나서야 할 때다. 어두운 하늘에 한두 개의 별이 보인다. 이제야 깨닫는다. 아이들과의 만남은 내게도 기적 같은 시간이었음을. 차갑게 식어 버린 나의 백색왜성 자리에도 새로운 별이 태어날 것이다. 우주만큼의 우주를 품고. ♣

작품 속 아이들과 함께 '괜찮아'라는
신호를 찾길

오래전 버스 뒷자리에서 생긴 일이다.

시험 기간이었는지 일찍 하교를 한 여학생 무리가 왁자지
껄 떠들며 버스에 올랐다. 말투와 교복 차림이 한눈에 보기
에도 모범생은 아닌 듯했다. 버스에 앉은 사람들이 학생들을
보며 인상을 쓰거나 눈을 흘겼고, 노골적으로 쯧쯧거리는 노
인도 있었다. 그들 중 한 아이가 비어 있는 내 옆자리에 끼
어 앉더니 나를 가리키며 히히덕거렸다. 알아들을 수는 없었
지만, 놀림 섞인 말투와 표정으로 보아 재밌거리를 찾은 것
같았다. 만약 다른 사람이 그랬다면 무척이나 불쾌했을 것이
고, 그러면서도 타인의 시선을 의식해 속으로만 소심하게 화
내고 있었을 것이다. 그런데 이상하게 아이들이 밉지 않았
다. 내가 아이들을 보고 같이 웃어 보이자, 아이들은 의외라

는 듯 내 얼굴을 한 번 보더니 금세 적대감을 풀었다. 버스에서 내릴 때까지 끊임없이 이어지는 아이들의 수다를 즐기며 눈을 마주치고 함께 웃었다. 버스에서 내리려는 순간, 아이들이 "언니, 안녕!" 하고 외쳤다. 아무것도 아닌 일이 몇 년이 지난 지금까지 계속 기분 좋은 기억으로 남아 있다. 그때 나는 왜 기분이 상하지 않았을까, 스스로에게 물었다. 그리고 그 질문에 대한 답을 청소년소설을 쓰기 시작하면서 찾게 되었다.

청소년이 좋다! 그것이 내가 청소년소설을 쓰는 이유이다. 길을 갈 때 수많은 사람 중 가장 먼저 눈에 들어오는 대상이 청소년이고, 편하게 말을 걸 수 있는 대상도 청소년이며, 드라마, 영화, 책의 중심인물이 청소년이면 스토리와 상관없이 관심이 간다. 노력하지 않아도 저절로 내 마음이 청소년기 아이들을 향해 있다.

때론 어른들보다 청소년과 대화하는 것이 더 즐거울 때가 있다. 소통이 더 잘 된다고 느낀 적도 많다. 적어도 내가 만났던 청소년들은 진심을 진심으로 받을 줄 아는 마음을 가진 아이들이었다. 그래서 그들과 대화할 때면 가면을 쓰거나 돌려 말할 필요가 없었다. 정서적 문제를 갖고 있다는 아이와도, 폭력적인 성향이 있다고 우려했던 아이와도, 사회성에 문제를 보인다는 아이와도 금세 마음이 연결되었다.

작품도 청소년들과 소통하는 것처럼 쓰고 싶다. 그들과 같은 높이에서 세상을 바라보고, 이해하고, 대화하고 싶다. 그러기엔 작가로서 다듬고 채워야 할 부분이 너무 많다. 부족함을 바라보다 보면 마음은 급해지고 자신감이 끝도 없이 추락한다. 그럴 땐 한 가지 답밖에 없다. 나 자신을 믿어 주는 것 그리고 이 한 마디 말과 함께 스스로에게 기운을 북돋아 주는 것.

"괜찮아."

삶의 장애물은 지나고 보면 아무것도 아니라는 생각이 들지만, 닥쳐온 그 순간에는 모든 것을 잃을 것처럼 절박하게 느껴지기 마련이다. 절박한 만큼 누군가에게 쉽게 보여 줄 수도 없다. 특히 사랑의 아픔은 더더욱 그렇다.

사랑도, 이별도, 실연도 그 뿌리를 살펴보면 다른 요인들과 맞닿아 있다. 타고난 성향, 유년기의 기억, 부모에게 받은 영향, 학교생활, 친구 관계, 가정 환경, 사회 구조 등. 이렇게 거미줄처럼 얽힌 문제가 청소년 개개인에게 어떤 영향을 미치는지 사랑이라는 주제를 통해 보여 주고 싶었다. 그리고 혼자만 겪는 아픔이 아니라고 말해 주고 싶었다.

작품 속에 등장하는 여섯 명의 아이들에게, 오늘을 사는 청소년들에게 그리고 여전히 가슴 깊은 곳 어딘가에 성장의 아픔이 남아 있는 어른들에게, 그런 어른 중 하나인 나에게도, 작품을 통해 괜찮다고 말해 주고 싶다. 빠르게 진화하는 세상에 속도를 맞추느라 쉼 없이 달려야 하는 아이들, 그들이 작품 속에 담긴 '괜찮아.'라는 신호를 찾길 바란다. 그리고 스스로를 '괜찮은 사람'이라고 여겨 주었으면 좋겠다.

2016년 봄
이 수 종

이 수 종

1968년 경기도에서 태어났다. 대학원에서 국어국문학 석사 학위를 받았으며, 이후 독서와 논술 교재를 연구하고 집필했다. 2014년 단편청소년소설 「터치라인」으로 제12회 푸른문학상 '새로운 작가상'을 수상했다. 실연이라는 공통점 아래 서로 진심을 나누고 보듬으며 상처를 극복하는 청소년들의 모습을 담은 연작소설집 『우리들의 실연상담실』은 작가의 첫 작품집이다.

푸른도서관

푸른도서관은 '10대에서 20대까지' 눈부신 성장을 거듭하는
'푸른 세대'를 위한 본격 문학 시리즈입니다.
이금이 작가의 대표작인 『유진과 유진』을 비롯하여
푸른문학상 수상작 『똥통에 살으리랏다』, 『스키니진 길들이기』 등
당대 청소년들의 현실을 생생하게 반영한 성장소설과
『화랑 바도루』, 『에네껜 아이들』 등 다양한 시대상을 반영한 역사소설,
청소년시집 『악어에게 물린 날』, 『그래도 괜찮아』
그리고 흥미진진한 판타지에 이르기까지
국내 작가들이 공들여 창작한 감동적인 작품들을
푸른도서관에서 더 만나 보세요!

1. 뢰제의 나라 강숙인 지음

교통사고로 가사 상태에 빠진 열두 살 소년이 저승사자의 손에 이끌려 저승인 '뢰제의 나라'를 여행하면서 벌어지는 모험담을 담은 판타지소설.

★ 윤석중문학상 수상작 ★ 동화읽는가족 추천도서

2. 아버지가 없는 나라로 가고 싶다 이규희 지음

아픈 결핍의 가족사를 벗어던지고 마침내 더 너른 세상을 향해 나아가는 소녀를 통해 성장의 의미를 곰곰이 곱씹게 해 주는 가슴 뭉클한 성장소설.

★ 세종아동문학상 수상작가

3. 까망머리 주디 손연자 지음

좋아하는 남학생에게 외모에 대한 조롱 섞인 말을 듣고, 입양아인 자신이 미국 사회의 이방인이라는 사실을 깨닫는 사춘기 소녀 주디가 정체성을 찾아가는 이야기.

★ 책따세 추천도서 ★ 학교도서관사서협의회 추천도서 ★ 부산광역시교육청 독서인증제 권장도서

4. 이쁘 언니 강정님 지음

일제 강점기 말과 해방 공간을 시간적 배경으로 밤나무정 마을에 사는 '복이'라는 여자아이의 삶의 비밀을 하나하나 알아가는 과정을 그린 아름다운 연작소설집.

★ 서울시교육청 교과별 권장도서 ★ 한우리독서토론논술 필독도서 ★ 한국아동문예상 수상작

5. 너도 하늘말나리야 이금이 지음

미르와 소희, 바우는 각자의 상처를 속으로 감추고 괴로워하다 서로를 알아본다. 서로의 상처를 보듬어 주는 순간, 상처에는 새살이 돋고 아이들은 비로소 성장하게 된다.

★ 중학교 〈국어〉 교과서 수록 ★ 책따세 추천도서 ★ 〈중앙일보〉 좋은책 100선 선정도서

6. 내 이름엔 별이 있다 박규규 지음

1970년대라는 한국 사회의 정치적·사회적 격동기를 배경으로 성장해 나가는 사춘기 소년의 삶을 통해 2000년대의 우리가 잊고 지냈던 '꿈'과 '희망'을 다시 한 번 환기시켜 준다.

★ 서울시립어린이도서관 추천도서

7. 토끼의 눈 강정규 지음

한국 전쟁을 배경으로 한 세 편의 이야기를 엮은 소설집. 작품 속에 총소리나 죽음은 등장하지 않지만, 천진한 아이들의 눈으로 바라본 전쟁이 숨이 막힐 듯 가깝게 다가온다.

★ 세종아동문학상 수상작 ★ 아침독서 청소년 추천도서

8. 화랑 바도루 강숙인 지음

부모님을 일찍 여읜 바도루가 김충현 장군 밑에서 생활하며 그의 자제인 경천과 함께 피나는 노력과 뜨거운 우정을 나누며 꿈에 그리던 화랑이 되는 이야기를 그린 본격 역사소설.

★ 동화읽는가족 추천도서

9. 유진과 유진 이금이 지음

어린 시절 함께 성추행을 당한 동명이인 '유진과 유진'의 각각 다른 성장 과정을 통해 청소년의 심리를 아주 세밀하게 보여 주는 이금이 작가의 청소년소설.

★ 책따세 추천도서 ★ 어린이도서연구회 청소년 권장도서 ★ 학교도서관저널 선정 성장소설 50선

10. 마사코의 질문 손연자 지음

일본인 소녀의 입으로 일본인의 죄를 묻는 이야기. 일제 강점기에 우리 민족이 겪은 온갖 수난을 생생하고 절실하게 그려 낸 9편의 작품이 실려 있다.

★세종아동문학상 수상작 ★SBS 어린이미디어대상 수상작 ★한우리독서토론논술 필독도서

11. 아, 호동 왕자 강숙인 지음

비극적 사랑의 대명사 호동 왕자와 낙랑 공주. 그들이 정말 사랑하는 사이였는가에 대한 의문으로 시작된 역사소설. 우리가 알고 있던 이야기를 뒤집어 전혀 새로운 시각을 제시한다.

★한우리독서토론논술 필독도서 ★서울독서교육연구회 추천도서 ★책읽는교육사회실천협의회 추천도서

12. 길 위의 책 강미 지음

'책'을 통해 자연스럽게 자신의 고민과 방황을 해결하고 상처를 치유해 나가는 여고생들의 이야기를 잔잔하게 그렸다. 청소년들을 위한 성장소설들이 '책 속의 책'으로 가득 담겨 있다.

★제3회 푸른문학상 수상작 ★책따세 추천도서 ★문화체육관광부 우수교양도서

13. 느티는 아프다 이용포 지음

'지금 여기'의 '가장 낮은 곳'을 이야기하는 성장소설. 독자들에게 이웃을 바라보는 시선을 바꾸고 존재의 소중함을 돌아볼 수 있는 시간을 마련해 준다.

★한국문화예술위원회 우수문학도서 ★평화박물관 선정 청소년 평화책

14. 발끝으로 서다 임정진 지음

베스트셀러 『행복은 성적순이 아니잖아요』의 임정진 작가가 펴낸 청소년소설. 낯선 땅으로 홀로 유학을 떠난 주인공을 통해 조기 유학생활의 어려움과 외로움을 절절하게 그렸다.

★책따세 추천도서

15. 마지막 왕자 강숙인 지음

역사의 그늘에 가려져 있던 인물이자 신라의 마지막 왕인 경순왕의 아들 마의태자를 주인공으로 한 역사소설로, 그의 새로운 영웅적 면모를 보여 준다.

★〈중앙일보〉좋은책 100선 선정도서 ★어린이도서연구회 청소년 권장도서

16. 초원의 별 강숙인 지음

마의태자를 주인공으로 한 『마지막 왕자』의 후속작. 사라져 버린 나라를 그리워하던 주인공 새부가 광활한 만주 대륙에서 아버지의 꿈을 이루는 과정을 흥미진진하게 그리고 있다.

★동화읽는가족 추천도서

17. 주머니 속의 고래 이금이 지음

가슴속에 품고 있는 꿈을 찾기 위해 노력하는 열다섯 살 아이들에 대한 이야기이다. 저마다 꿈을 좇는 과정에서 실패와 좌절을 겪지만 다시 씩씩하게 일어나는 모습을 보여 준다.

★중학교 〈국어〉교과서 수록 ★아침독서 청소년 추천도서 ★대한출판문화협회 올해의 청소년도서

18. 쥐를 잡자 임태희 지음

원치 않는 임신을 한 여고생의 이야기로 성에 대해 여전히 취약한 우리 청소년의 현실을 돌아보고 위험성을 인식하게 만든다. 동시에 대책 마련이 시급하다는 사실을 새삼 일깨운다.

★제4회 푸른문학상 수상작 ★아침독서 청소년 추천도서 ★어린이도서연구회 청소년 권장도서

19. 바람의 아이 한석청 지음

우리나라 아동청소년문학 최초로 발해를 소재로 한 장편역사소설. 고구려 멸망 뒤 옛 고구려 지역에 살던 이들의 비참한 삶과 나라를 되찾고자 하는 투쟁을 생생하게 그려 냈다.
★ 한우리독서토론논술 필독도서   ★ 책읽는교육사회실천협의회 추천도서

20. 베스트 프렌드 이경혜 외 지음

사춘기를 지나 성숙한 남녀로 성장하는 과정에 놓인 청소년들의 심리 변화를 섬세하게 그린 표제작을 비롯해 현실적인 청소년들의 한계와 모순을 그린 5편의 단편소설을 엮었다.
★ 어린이도서연구회 청소년 권장도서

21. 리남행 비행기 김현화 지음

봉수네 가족이 북한을 탈출해 리남행 비행기에 오르기까지의 여정이 긴장감 있게 그려져 있다. 온갖 역경 속에서도 인간애와 가족애를 잃지 않는 모습이 진한 감동을 선사한다.
★ 제5회 푸른문학상 수상작   ★ 책따세 추천도서   ★ 한국문화예술위원회 우수문학도서

22. 겨울, 블로그 강 미 지음

자신만의 길을 찾아가는 청소년들이 종횡무진 활동하는 네 편의 작품을 담았다. 청소년들의 일상을 정확하고 섬세하게 묘사하여 그들이 나아갈 수 있는 길을 오롯이 보여 준다.
★ 문화체육관광부 우수교양도서   ★ 아침독서 청소년 추천도서   ★ 한국출판인회의 선정 이달의 책

23. 네가 하늘이다 이윤희 지음

1894년 동학 농민 운동을 배경으로 새로운 세상을 꿈꾸었지만 결국 이름조차 남기지 못하고 스러져 간 농민군의 이야기를 감동적으로 그려 낸 대하역사소설.
★ 아침독서 청소년 추천도서   ★ 한국어린이문화대상 수상작

24. 벼랑 이금이 지음

원조 교제, 첫 키스, 협박, 폭력……. 거친 현실의 이면에 감춰진 청소년들의 내면을 섬세하게 다루고 있는 이금이 작가의 연작청소년소설.
★ 한국문화예술위원회 우수문학도서   ★ 아침독서 청소년 추천도서   ★ 네이버 북리펀드 선정도서

25. 뚜깐뎐 이용포 지음

서기 2044년, 한국에서 영어 공용화 법안이 통과된 뒤 영어가 일상어로 자리를 잡은 때와 한글이 박해를 받던 연산군 시절을 오가며 현대인들에게 진지한 성찰의 기회를 제공한다.
★ 아침독서 청소년 추천도서   ★ 대한출판문화협회 올해의 청소년도서   ★ 〈중앙일보〉 선정 이달의 책

26. 천년별곡 박윤규 지음

천 년의 시간을 애증과 그리움으로 버틴 주목나무의 이야기를 절제된 감성으로 그린 작품. 시 형식을 차용한 소설인 '시소설'이란 신선한 장르에 애절한 정서를 잘 녹여 냈다.
★ 한우리가 선정한 좋은 책

27. 지귀, 선덕 여왕을 꿈꾸다 강숙인 지음

지귀 설화 속에 숨어 있는 선덕 여왕 이야기를 담은 역사소설. 지귀와 선덕 여왕, 김춘추와 김유신 등 시대의 격랑에 휘말린 이들의 삶과 사랑이 독자들의 가슴속에 파고든다.
★ 책따세 추천도서   ★ 네이버 북리펀드 선정도서   ★ 아침독서 청소년 추천도서

28. 청아 청아 예쁜 청아 강숙인 지음

〈심청전〉을 현대적으로 재해석한 소설. 새로운 시각의 심청과 서해 용왕 그리고 그의 아들을 등장시켜 '보이지 않는 사랑 이야기'를 통해 참다운 사랑의 의미를 되새기게 한다.

★ 한국출판인회의 선정 이달의 책   ★ 중앙독서교육 선정도서

29. 살리에르, 웃다 문부일 외 지음

'엄친아'와의 비교에 시달리며 자신을 '살리에르'라 믿는 청소년들에게 건네는 '꿈'에 관한 다섯 가지 이야기. 꿈을 향한 청소년들의 힘차고도 아름다운 몸부림이 담겼다.

★ 제6회 푸른문학상 수상작   ★ 아침독서 청소년 추천도서   ★ 학교도서관사서협의회 추천도서

30. 사라지지 않는 노래 배봉기 지음

세계적 미스터리의 하나인 이스터 섬 모아이 석상의 비밀을 소재로 인간의 파괴적 욕망과 그것을 극복했을 때 찾을 수 있는 평화를 보여 준다.

★ 문화체육관광부 우수교양도서   ★ 네이버 북리펀드 선정도서   ★ 국립어린이청소년도서관 추천도서

31. 김홍도, 조선을 그리다 박지숙 지음

김홍도의 그림을 통해 그의 삶을 다룬 연작으로, 작가 특유의 상상력과 깊이 있는 통찰력으로 '인간 김홍도'의 삶을 생생하게 되살려낸 본격 역사소설이다.

★ 문화체육관광부 우수교양도서   ★〈소년조선일보〉추천도서   ★ 아침독서 청소년 추천도서

32. 새가 날아든다 강정규 지음

한국 전쟁을 직접 경험한 세대가 전쟁과 분단과 이산이라는 문제를 다른 시각에서 조명한 작품. 역사의 굴곡을 넘어 당대의 사람들이 더불어 살아가는 이야기를 일곱 편의 소설에 담았다.

★ 아침독서 청소년 추천도서

33. 에네껜 아이들 문영숙 지음

구한말 멕시코의 낯선 농장으로 이주한 조선 사람들이 노예처럼 일하며 온갖 고난과 수모를 당하지만 불굴의 의지로 희망의 새로운 터전을 마련한 내용을 담은 역사소설.

★ 책따세 추천도서   ★ 대한출판문화협회 올해의 청소년도서   ★ 아침독서 청소년 추천도서

34. 밤나무정의 기판이 강정님 지음

1950년대를 배경으로 소년 기판이의 각별하고도 애틋한 성장과 모험과 죽음을 다룬 이야기. 작가 특유의 입담과 사투리에 실린 당시의 일상과 풍속이 눈앞에 생생하게 되살아난다.

★ 한국문화예술위원회 우수문학도서   ★ 대한출판문화협회 올해의 청소년도서   ★ 아침독서 청소년 추천도서

35. 스쿠터 걸 이은 지음

질풍노도의 시기인 청소년기의 한복판에 서 있는 열다섯 살 중학생들을 본격적으로 등장시킴으로써 중학생들의 삶을 밀도 있게 그려 낸 청소년소설집.

★ 한국간행물윤리위원회 우수청소년저작 당선작   ★ 학교도서관저널 추천도서

36. 우리 반 인터넷 소설가 이금이 지음

거짓이 휘두르는 보이지 않는 폭력에 '진실'이 어떻게 왜곡되고 유배되는지를 청소년들의 생생한 세태 묘사와 치밀한 구성을 바탕으로 보여 준다.

★ 네이버 북리펀드 선정도서   ★ 학교도서관저널 추천도서   ★ 국립어린이청소년도서관 추천도서

37. 열네 살, 비밀과 거짓말 김진영 지음

습관적인 도둑질에 빠져들면서 비밀과 거짓말이 늘어나게 된 평범한 열네 살 소녀 하리가 다시 삶의 진실을 찾아가는 성장소설.

★ 한국간행물윤리위원회 청소년 권장도서 ★ 문화체육관광부 우수교양도서

38. 허황옥, 가야를 품다 김 정 지음

먼 바다를 건너 가야로 온 인도 아유타국 공주 허황옥의 삶을 조명하면서, 철을 바탕으로 국제 무역의 중심지로 자리했던 가야의 역사를 생생히 전하는 역사소설이다.

★ 학교도서관저널 추천도서 ★ 대한출판문화협회 올해의 청소년도서

39. 외톨이 김인해 외 지음

요즘 청소년들의 왜곡된 삶과 고민을 가감 없이 보여 주며, 그들의 정서적 긴장감과 내면적 따뜻함을 동시에 그리고 있는 세 편의 단편소설이 실려 있다.

★ 제8회 푸른문학상 수상작 ★ 국립어린이청소년도서관 사서 추천도서 ★ 아침독서 청소년 추천도서

40. 그래도 괜찮아 안오일 지음

현실의 부정과 좌절에 길항하는 청소년들의 고민을 진정성 있게 담아낸 청소년시집. 청소년들이 지닌 '생기'를 유감없이 보여 주며 긍정과 희망의 메시지를 전한다.

★ 한국간행물윤리위원회 우수청소년저작 당선작 ★ 한국문화예술위원회 우수문학도서

41. 소희의 방 이금이 지음

이금이 작가의 대표작 『너도 하늘말나리야』의 후속작. 달밭마을을 떠나 재혼한 친엄마와 재회해 새 가족의 일원이 된 열다섯 소희의 욕망과 아픔을 다룬 성장소설.

★ 한국문화예술위원회 우수문학도서 ★ 한겨레·예스24 선정 청소년책 30선

42. 조생의 사랑 김현화 지음

조선시대를 배경으로 청년 '조생'이 청나라에 파견되는 연행사로 길을 떠나 사랑과 우정, 정의, 신념 등 삶의 진리를 깨달아가는 과정을 그린 청소년 역사소설.

★ 서울시교육청 남산도서관 사서 추천도서 ★ 〈아침햇살〉 선정 좋은 청소년책

43. 아버지, 나의 아버지 최유정 지음

위탁가정에 맡겨진 열여섯 살 연수가 자신의 친아버지를 찾아 떠나는 여정을 통해 진정한 자아 정체성을 확립해 가는 과정을 밀도 있게 그렸다.

★ 한국문화예술위원회 우수문학도서 ★ 〈아침햇살〉 선정 좋은 청소년책

44. 타임 가디언 백은영 지음

타임 슬립이라는 장치를 통해 개인과 사회에서 일어나는 현실의 문제들을 조명하는 본격 청소년 SF소설. 시공간을 뛰어넘는 구성과 예측할 수 없는 독특한 상상력을 맛볼 수 있다.

★ 〈아침햇살〉 선정 좋은 청소년책

45. 분청, 꿈을 빚다 신현수 지음

고려 최고의 사기장의 아들인 강뫼가 왜구 침입과 왕조의 변혁 등 극한 시대 상황 속에서 분청사기를 만들기까지의 과정을 흡인력 있게 그린 역사소설.

★ 대한출판문화협회 올해의 청소년도서 ★ 아침독서 청소년 추천도서

46. 방울새는 울지 않는다 박윤규 지음

5·18이라는 역사적 사건을 배경으로 그려지는 명창 소녀 '방울'과 고수 '민혁'의 안타까운 사랑 이야기. 슬픈 현대사를 정면으로 바라보고 올바르게 판단할 수 있는 용기를 준다.
★ 학교도서관저널 추천도서 ★ 한국문화예술위원회 우수문학도서

47. 악어에게 물린 날 이장근 지음

현직 중학교 교사인 시인이 청소년과 함께 호흡하면서 체험한 담백하고 직설적인 언어가 공감을 불러온다. 청소년들 질풍노도가 마음껏 활개 칠 수 있도록 기운을 북돋는 청소년시집.
★ 책따세 추천도서 ★ 대한출판문화협회 올해의 청소년도서 ★ 어린이도서연구회 청소년 권장도서

48. 찢어, Jean 문부일 지음

아르바이트, 집단 따돌림 등 청소년들이 공감할 수 있는 일곱 편의 이야기가 담겼다. 현실에 갇혀 사는 청소년들의 일탈을 유쾌하면서도 진정성 있게 담았다.
★ 아침독서 청소년 추천도서 ★ 한국문화예술위원회 우수문학도서

49. 불량한 주스 가게 유하순 외 지음

실수와 시행착오를 반복하다가 돌연 성장의 분기점을 지나는 청소년들의 '오늘'을 포착했다. 좌절과 반성의 언어조차 싱그러운 청소년들을 응원하게 만드는 네 편의 단편소설 모음.
★ 제9회 푸른문학상 수상작 ★ 아침독서 청소년 추천도서 ★ 네이버 북리펀드 선정도서

50. 신기루 이금이 지음

엄마와 엄마 친구들과 함께 몽골 사막 여행을 떠난 열다섯 다인이가 보낸 6일간의 여정을 통해 또 다른 생명의 고리로 순환되는 모녀 관계에 대한 고찰을 여행기 형식으로 그렸다.
★ 네이버 북리펀드 선정도서 ★ 서울시립어린이도서관 추천도서 ★ 아침독서 청소년 추천도서

51. 우리들의 매미 같은 여름 한 결 지음

섭식장애를 앓고 있는 모녀, 성추행, 보이콧 등 청소년들이 겪는 지독하게 뜨겁고 아픈 이야기가 담겨 있다. 청소년들이 자신 그리고 세상과 화해하는 여정을 솔직담백하게 그렸다.
★ 한국문화예술위원회 우수문학도서 ★ 네이버 북리펀드 선정도서

52. 모래시계가 된 위안부 할머니 이규희 지음

일본군 위안부로 끌려가 꽃다운 처녀 시절을 유린당한 황금주 할머니의 실제 이야기를 김은비라는 소녀의 이야기와 엮어 액자 형식으로 쓴 소설로, 일본어로도 번역 출간되었다.
★ 국제펜문학상 수상작 ★ 학교도서관저널 추천도서 ★ 경기도교육청 추천도서

53. 까레이스키, 끝없는 방랑 문영숙 지음

소련의 강제 이주 정책으로 시베리아 횡단 열차를 탔던 17만여 명의 까레이스키들의 고난과 역경, 도전과 설움을 절절하게 그린 역사소설이다.
★ 한국문화예술위원회 우수문학도서 ★ 아침독서 청소년 추천도서 ★ 한우리가 선정한 좋은 책

54. 나는 랄라랜드로 간다 김영리 지음

기면증을 앓는 소년과 그의 가족이 게스트하우스를 사수하기 위해 펼치는 소동을 재기 발랄하게 그렸다. 절망 속에서도 웃으며 싸울 줄 아는 청춘의 싱그러운 맨얼굴이 돋보인다.
★ 제10회 푸른문학상 수상작 ★ 아침독서 청소년 추천도서 ★ 한국문화예술위원회 우수문학도서

55. 열다섯, 비밀의 방 장미 외 지음

영혼의 도플갱어를 찾아 헤매는 외로운 청소년의 자화상이 네 편의 단편소설 속에 어우러져 있다. 청소년들의 내면의 목소리들이 조화롭게 어우러져 다양한 빛깔의 공명음을 들려준다.
★제10회 푸른문학상 수상작 ★학교도서관사서협의회 추천도서

56. 눈썹 천주하 지음

암에 걸려 1년 4개월 동안 치료를 받던 열일곱 살 소녀가 일상으로 돌아온 뒤의 이야기를 담고 있다. 가족과 친구, 일상이 얼마나 가치 있는 것인지를 새삼 깨우쳐 준다.
★국립어린이청소년도서관 사서 추천도서 ★한국문화예술위원회 우수문학도서 ★아침독서 추천도서

57. 나는 지금 꽃이다 이장근 지음

청소년들의 삶을 제대로 들여다보고 마음을 헤아리는 시 창작 과정을 통해 나온 본격적인 청소년을 위한 시로, 삶이 점점 피폐해지고 있는 청소년들의 마음을 어루만져 준다.
★문화체육관광부 우수교양도서 ★어린이도서연구회 청소년 권장도서 ★학교도서관저널 추천도서

58. 우리들의 사춘기 김인해 지음

겉으로 잘 드러나지 않는 소년들의 감성을 날카롭게 포착하여 진솔하고 강렬하게 그려낸 '소년들을 위한' 소설집. 표제작을 비롯한 여섯 편의 단편청소년소설을 담고 있다.
★국립어린이청소년도서관 사서 추천도서 ★한국문화예술위원회 우수문학도서

59. 여우 소녀 미랑 김자환 지음

조선시대 임진왜란 발발 즈음의 여수 지방을 배경으로, 구미호에게 아버지를 잃은 묘남과 구미호의 딸 여우 소녀 미랑의 애틋한 사랑 이야기를 담고 있다.
★새벗문학상 수상작가

60. 얼음이 빛나는 순간 이금이 지음

아이와 어른의 경계에서 몸살을 앓던 두 소년이 5년 뒤 전혀 다른 풍경을 띠게 된 각자의 삶을 응시한다. 우연으로 시작해 선택으로 이루어지는 인생의 내밀한 진실을 담았다.
★윤석중문학상 수상작가 ★학교도서관저널 추천도서

61. 택배 왔습니다 심은경 지음

질풍노도를 겪는 청소년과 그의 가족, 친구, 사회의 풍경을 그린 여섯 편의 단편청소년소설. 건강하게 자립하고 따뜻하게 소통할 줄 아는 인물들의 모습에서 희망을 엿볼 수 있다.
★한국문화예술위원회 우수문학도서 ★학교도서관저널 추천도서 ★아침독서 청소년 추천도서

62. 똥통에 살으리랏다 최영희 외 지음

팍팍한 사회 현실 속 청소년들의 고민을 각기 다른 개성으로 그린 네 편의 단편청소년소설을 묶었다. 부조리한 사회와 욕망을 관찰하고 풍자하는 이야기가 공감을 불러일으킨다.
★제11회 푸른문학상 수상작 ★아침독서 청소년 추천도서 ★국립어린이청소년도서관 사서 추천도서

63. 나에게 속삭여 봐 강숙인 지음

어느 날 갑자기 죽음을 맞이한 열일곱 살 소년 서준과 혼령의 기를 느끼는 소녀 아리 그리고 서준의 쌍둥이 여동생 유주가 각자의 방법으로 성장해 나가는 청소년 판타지소설.
★윤석중문학상 수상작가 ★학교도서관저널 추천도서

64. 아버지의 알통 박형권 지음

촌스러운 아빠와 바닷가 마을에 살게 되면서 정직하게 일하는 사람들을 만나며 한층 성장해 가는 주인공의 이야기가 유쾌한 감동을 선사한다.

★한국안데르센상 수상작가

65. 나는 나다 안오일 지음

청소년들에게 자신의 꿈이 무엇인지 알게 해 주어 스스로 자신의 삶에 당당하게 맞서는 모습을 보고 싶다는 작가의 바람을 담은 청소년시 57편이 실려 있다.

★제8회 푸른문학상 수상작가

66. 순희네 집 유순희 지음

순희네 집에 얽힌 가슴 아프지만 따뜻한 이야기와 성장통을 겪는 순희의 모습을 작가 특유의 섬세한 문장 안에 담아낸 자전적 소설이다.

★제14회 MBC 창작동화대상 수상작 ★제8회 푸른문학상 수상작가 ★한국출판문화산업진흥원 선정 세종도서

67. 첫 키스는 엘프와 최영희 지음

제11회 푸른문학상 수상작가의 첫 청소년소설집으로, 미래에 대한 압박감에 갇혀 십 대 시절을 보내는 오늘의 청소년들에게 부치는 편지 같은 소설 여섯 편을 묶었다.

★제11회 푸른문학상 수상작가 ★아침독서 청소년 추천도서 ★어린이도서연구회 청소년 권장도서

68. 숨은 길 찾기 이금이 지음

이금이 작가의 대표작 『너도 하늘말나리야』의 두 번째 후속작으로 소희의 욕망과 아픔을 다룬 『소희의 방』에 이어 달밭마을에 남은 미르와 바우의 사랑과 꿈을 섬세하게 그려 낸 성장소설이다.

★소천아동문학상 수상작가 ★한국출판문화산업진흥원 선정 세종도서

69. 스키니진 길들이기 김정미 외 지음

아직 미완성인 '나'의 정체성을 찾기 위해 고군분투하는 청소년들의 모습을 그린 네 편의 단편청소년소설이 실려 있다. 청소년이라면 누구나 고민해 봤을 만한 이야기가 공감을 불러일으킨다.

★제12회 푸른문학상 수상작 ★한국출판문화산업진흥원 선정 이달의 책 ★아침독서 청소년 추천도서

70. 나는 블랙컨슈머였어! 윤영선 외 지음

우리 사회를 바라보는 날카로운 시선과 따뜻한 유머가 다채롭게 어우러진 네 편의 청소년소설을 엮었다. 삭막한 현실 속에서도 당당히 자신의 길을 가는 청소년들의 이야기가 매력적이다.

★제12회 푸른문학상 수상작

71. 우리는 가족일까 유니게 지음

5년 만에 엄마의 부고와 함께 미국에서 돌아온 동생으로 인해 방황하는 열일곱 살 소녀의 성장기를 그렸다. 고통스러운 시간을 함께 이겨 내는 가족의 소중함을 다시금 일깨워 준다.

★한국출판문화산업진흥원 선정 세종도서 ★서울시교육청 어린이도서관 청소년 권장도서

72. 사과를 주세요 진 희 외 지음

꿈과 현실 사이에서 당차게 자신의 길을 찾아 나선 청소년들의 삶을 이야기하는 네 편의 청소년소설이 실려 있다. 찬란하게 빛나는 청소년들의 굳건한 의지와 신념이 유쾌하고 따뜻한 시선으로 그려진다.

★제13회 푸른문학상 수상작

73. 신라 공주 파라랑 김 정 지음

고대 페르시아 서사시 「쿠쉬나메」의 시공간을 배경으로 한 역사소설. 낯선 이국 땅 페르시아로 건너가 사랑으로 고난을 극복하는 신라 공주 파라랑의 삶은 희망이라는 인간 본연의 메시지를 전한다.

★제1회 푸른문학상 수상작가

74. 옥상에서 10분만 조규미 지음

제10회 푸른문학상 수상작가의 첫 청소년소설집으로, 관계 속에서 사소한 말이나 장난이 큰 사건이 되어 돌아왔을 때 겪게 되는 고민과 갈등을 섬세하게 다룬 소설 다섯 편을 묶었다.

★제10회 푸른문학상 수상작가

75. 별에서 별까지 신형건 지음

지난 30여 년간 아이들과 어른들 모두에게 사랑받는 동시를 써 온 시인의 작품 중 특별히 청소년들에게 공감을 살 만한 시들을 골라 엮었다. 자극적이지 않은 언어로 마음을 어루만지는 청소년시집.

★대한민국문학상 수상작가 ★윤석중문학상 수상작가

76. 뱅뱅 김선경 지음

어른들은 몰라서 더 재미있는 진짜 우리 이야기, 지금 청소년들의 속마음을 거침없이 그려 낸 개성 강한 청소년시집. 긴 방황의 끝에서 진정한 자신을 찾기를 바라는 시인의 바람이 담겼다.

★제11회 푸른문학상 수상작가

77. 우리들의 실연 상담실 이수종 지음

실연 극복 프로젝트에 참가하는 다섯 명의 아이들이 서로를 보듬으며 사랑의 아픔을 극복하는 과정을 담았다. 청소년들의 마음결을 다독이는 위로의 목소리는 다시 사랑할 에너지를 불어넣는다.

★제12회 푸른문학상 수상작가

*〈푸른도서관〉 시리즈는 계속 나옵니다!